François Weyergans

Le Radeau
de la Méduse

Gallimard

François Weyergans est né en 1941 et il a publié six romans jusqu'à présent : *Le pitre* (1973), *Berlin mercredi* (1979), *Les figurants* (1980), *Macaire le Copte* (1981), *Le Radeau de la Méduse* (1983), *La vie d'un bébé* (1986).

CHAPITRE PREMIER

La Méduse, frégate du roi, voguait depuis quinze jours en direction du Sénégal que les Anglais avaient promis de restituer à la France de Louis XVIII et de la Terreur blanche. Cette frégate, armée, gréée, lestée, calfatée par des marins et des maçons à qui on avait adjoint les forçats du bagne de Rochefort, était un bâtiment de guerre à trois mâts portant une cinquantaine de canons. Quatre cents personnes se trouvaient à bord : officiers, matelots, colons, soldats, employés, ainsi que le nouveau gouverneur de la colonie, sa famille et ses domestiques. Les soldats avaient été admis au dernier moment, personne ne souhaitant les mêler trop tôt à l'équipage. Le bataillon du Sénégal était composé de fripouilles et de déserteurs, à qui on donnait régulièrement lecture du Code pénal.

Ils avaient tous embarqué à l'île d'Aix, près de La Rochelle, impressionnés de découvrir les lieux d'où Napoléon, huit mois plus tôt, était parti pour Plymouth, première escale avant l'Atlantique Sud et Sainte-Hélène. Certains disaient que Napoléon, déclaré hors la loi par le congrès de Vienne, avait voulu aller en Amérique en s'embarquant sur *La Méduse*. Les passagers évitèrent de parler à haute voix de l'Empereur : les ultras avaient récemment assassiné le maréchal Brune à Avignon, le gouvernement avait laissé massacrer des centaines de citoyens et avait fait fusiller le maréchal Ney, le général Mouton-Duvernet et tant d'autres.

Le capitaine de *La Méduse*, qui avait émigré sous la Révolution, reconnut qu'il n'avait pas navigué depuis vingt-cinq ans. Il se montra peu soucieux de lire les cartes marines et, au moment le plus redoutable de la traversée, lorsqu'il aurait dû donner l'ordre de s'éloigner de la côte pour passer au large de hauts-fonds où l'Océan avait moins de cinq mètres de profondeur, il maintint un cap sud-sud-est. Sa frégate s'échoua sur le banc d'Arguin, en plein après-midi, à soixante kilomètres des côtes africaines. Les hommes s'épuisèrent pendant plusieurs jours à tenter de remettre *La Méduse* à flot, guettant vainement les navires qui faisaient route avec eux, une corvette, un brick et une flûte de la marine royale.

Les journées furent torrides. On était début juillet. Il fallut se résoudre à abandonner *La Méduse*, navire naufragé et désemparé. Pour l'honneur, le drapeau fleurdelisé fut hissé en haut du grand mât. Ensuite l'honneur disparut. Le capitaine, que le gouverneur soutint de son autorité morale, admit dans les chaloupes de sauvetage beaucoup moins de personnes que le nombre prévu et surtout que le nombre possible.

Pendant que les plus favorisés quittaient *La Méduse* et trouvaient place dans les chaloupes, les laissés-pour-compte avaient terminé la construction d'un radeau dont les madriers pesaient une dizaine de tonnes. Ce radeau serait ensuite amarré à deux chaloupes et remorqué jusqu'au Sénégal qu'on espérait atteindre en quelques jours.

Cent quarante-neuf hommes s'entassèrent sur les madriers réunis par des cordages. On leur laissa des tonnelets de vin et une quantité insuffisante de biscuits. Sous une chaleur accablante, au bout d'une heure à peine, le radeau devint une fournaise. Les hommes, nerveux, serrés, ivres et dans l'eau jusqu'à mi-cuisse, se querellèrent dès qu'on s'éloigna de l'épave. Le capitaine n'avait pas craint d'abandonner cette épave en laissant à bord une vingtaine de marins qu'il accusera un an plus tard, quand il sera traduit en conseil de guerre, d'être restés sur la frégate pour la piller : il y avait dans une soute des caisses remplies de pièces d'or et d'argent, qui disparurent dans l'océan.

Les hommes réfugiés sur le radeau furent anéantis quand ils s'aperçurent que les occupants des chaloupes coupaient les câbles à coups de hache dans l'intention de se débarrasser d'eux. Les quelques malheureux qui tentèrent de rattraper les chaloupes à la nage furent vite distancés. Libérées du radeau, les embarcations cessèrent presque aussitôt d'être visibles.

A bord du radeau, on but tout le vin. La plupart des biscuits disparurent dans les flots lors d'une rixe pendant laquelle cinq matelots périrent étranglés par ceux qui avaient voulu défendre leur part de ces gâteaux à la farine de blé dont se gavaient, au large du cap Blanc, des poissons osseux.

Alors les naufragés commencèrent à mourir, rendus sourds par la soif, les yeux leur sortant de la tête, incapables de parler parce qu'ils n'arrivaient plus à remuer leurs langues trop gonflées. Ils communiquaient par signes. Ils devenaient fous et s'entre-tuaient.

Le soir du cinquième jour, ils n'étaient plus que vingt-sept. Cent vingt-deux de leurs camarades avaient péri. Les survivants gardèrent quelques corps qu'ils découpèrent afin de les manger. Ils firent sécher les morceaux de chair humaine en les accrochant aux cordes qui servaient d'étai au mât central. Un chirurgien de la marine les aida de ses conseils et, pour lutter contre la soif, ils plongèrent leurs jambes dans l'eau, mais beaucoup furent emportés par les vagues, étant trop faibles pour s'agripper aux cordages.

Ils se surveillaient sans cesse afin que personne ne vienne voler les meilleurs morceaux des corps dépecés, cuisses et entrecôtes. Dans leurs gobelets de fer blanc, ils firent refroidir leur urine avant de la boire. Deux volontaires furent préposés à la garde des gobelets vers lesquels les mourants trouvaient encore la force de se traîner. Les rescapés déclarèrent plus tard que certaines urines étaient plus agréables à boire que d'autres, surtout celle d'un quartier-maître qui mourut trop vite.

Ils n'étaient plus que dix-neuf le septième jour, à dévorer des poissons-volants venus s'abattre sur le radeau, ce qui permit de ne pas déplorer une seule mort le lendemain.

Ils finirent par inciser la chair des nouveaux morts pour se fortifier avec le sérum de leur sang qu'ils aspiraient à même la plaie. Dans des crises de folie, ils déchirèrent leurs vêtements et, victimes d'hallucinations, ils se représentaient leurs intestins en train de pourrir dans leurs ventres, ou bien ils se tournaient péniblement sur le dos pour se défendre de fictives pénétrations anales. Ils s'étaient tassés, pêle-mêle, recroquevillés, autour du mât et n'échangeaient que des grognements, torturés par la réverbération du soleil. Ils voulurent contraindre le plus malade d'entre eux, qui allait tous les infecter, à se suicider par noyade. Il résista et, n'ayant pas assez de force pour le pousser dans l'eau, ils le gardèrent avec eux.

Deux semaines après le naufrage, l'équipage du brick *L'Argus* retrouva, sur le radeau à la dérive, quinze moribonds au cerveau détraqué, dont les globes oculaires saillaient hors des orbites. Il y eut encore cinq morts dans les jours qui suivirent. Les autres furent soignés tant bien que mal à l'hôpital anglais de Saint-Louis puis à Gorée.

L'affaire fut rapidement connue à Paris et elle fit scandale. En septembre, deux mois après le naufrage, *Le Journal des Débats* publia sans autorisation un rapport confidentiel du jeune chirurgien dont on compara la conduite sur le radeau à celle d'un boucher. Le ministre de la Marine et des Colonies écrivit une lettre au roi à propos de ces événements « dont le tableau ne devrait jamais être mis sous les yeux des hommes ». L'opposition libérale accusa le gouvernement. L'expédition du Sénégal avait été un échec. Les Anglais n'avaient pas quitté Saint-Louis et des dizaines d'hommes étaient morts pour rien.

Un jeune peintre intéressé par ces rumeurs partait à ce moment-là pour l'Italie où il espérait oublier une femme mariée en dessinant à Florence les tombeaux des Médicis. Il n'oublia rien et fit beaucoup de dessins érotiques. Rentré à Paris, il décida de prendre le naufrage de *La Méduse* comme source d'inspiration. Il s'appelait Théodore Géricault.

Il parvint à faire la connaissance de deux des survivants, le charpentier qui avait dirigé la construction du radeau et l'auteur du récit publié par *Le Journal des Débats,* le chirurgien de troisième classe Jean-Baptiste Savigny. Il se fit raconter à plusieurs reprises tout le drame et commanda au charpentier un modèle réduit du radeau sur lequel il disposa des personnages en cire. Il déménagea et loua un atelier plus vaste près de l'hôpital Beaujon. Les internes lui vendirent des cadavres et des membres coupés dont il fit de nombreuses études. Son atelier empuantissait et il fut obligé, le soir, de transporter les morceaux de cadavres sur le toit. Il apprit qu'un de ses amis, à Sèvres, avait la jaunisse : il se précipita chez lui et exécuta plusieurs esquisses. Il avait besoin des couleurs exactes de la maladie, de la peur, de la folie et de la mort. Il peignit des têtes d'hommes guillotinés.

Il arrêta le format de son tableau à cinq mètres de haut sur sept mètres de large. De novembre 1818 à août 1819, il travailla d'arrache-pied, ne quittant son atelier qu'une seule fois pour se rendre au Havre où il étudia, pour sa toile, les couleurs du ciel et la lumière au-dessus de l'océan. Il engagea un assistant qu'il força à porter des pantoufles, le moindre bruit l'empêchant de peindre. Il s'enferma et se rasa la tête pour ne pas céder à la tentation de sortir et de traîner dans les bals.

Quand il s'estima sûr de sa composition, il attaqua la toile par divers bouts, travaillant dès le lever du jour car il était indispensable de terminer dans la même journée le fragment entrepris à cause de l'huile grasse et siccative qu'il utilisait. Il peignait par hachures et, malgré l'imposant format qu'il avait choisi, il ne se servit que de petits pinceaux. Il gardait ses couleurs bien séparées sur la palette, utilisant surtout le brun-rouge, le noir de pêche et le noir d'ivoire. Il disait que plus un tableau est noir, mieux il vaut. Le soir, sa palette n'avait pas l'air d'avoir servi.

Parfois, il regrettait de ne pas avoir prévu un format encore plus grand : il rêvait de peindre avec des baquets de couleurs sur des murailles de quarante mètres de long.

Voulant juger son travail avec plus de recul, il fit porter la toile dans le foyer du Théâtre Favart et se rendit compte que le coin inférieur droit était faible et vide. Il décida de rajouter un personnage s'arc-boutant du genou à une planche, la moitié supérieure du corps presque immergée. Il voulut refaire aussi la nuque et les épaules d'un autre personnage prostré. Son jeune ami Delacroix lui servit de modèle.

Le tableau fut envoyé au Salon de 1819. L'administration refusa d'imprimer dans le catalogue le titre indiqué par Géricault : *Le Naufrage de la Méduse,* et le remplaça d'autorité par *Scène de naufrage.* Un collaborateur du *Drapeau blanc,* gazette

royaliste, accusa Géricault de calomnier le minis-
tère de la Marine. Les libéraux le félicitèrent de son
pinceau « vraiment patriotique ». Le directeur des
musées royaux fit acheter l'œuvre controversée : on
la décloua de son châssis et la toile roulée fut mise
dans un grenier du Louvre. Géricault l'apprit et
exigea, n'ayant pas encore été payé, qu'on lui rende
son tableau. L'administration accepta volontiers de
se défaire de cette œuvre encombrante, ce qui
n'empêcha pas les Beaux-Arts de passer une
commande officielle à l'auteur du *Naufrage*. On lui
demanda un portrait de la Sainte Vierge, lequel
irait décorer le réfectoire des dames du Sacré-Cœur
de Nantes.

Géricault se vexa et, après avoir confié ce travail
à Delacroix, il songea à abandonner la peinture,
annonçant qu'il partirait pour l'Orient à la recherche d'autres émotions. Il changea d'avis et alla
mettre sur pied à Londres une exposition à entrée
payante du *Naufrage de la Méduse*, dont le succès lui
permit d'assurer sa subsistance en Angleterre pendant plusieurs mois. La toile fut ensuite montrée à
Dublin. Géricault assista au derby d'Epsom et à
des pendaisons. Il avait vingt-neuf ans.

Il mourut cinq ans plus tard, après avoir peint, à
la demande du médecin-chef de la Salpêtrière, dix
études de fous, d'après nature. On écrivit qu'il était
mort trop tôt : une grande carrière l'attendait.

Il avait mal soigné un abcès à la jambe consécutif
à une chute de cheval et il souffrait d'une lésion de
la moelle épinière. A l'ami qui avait empêché la
réussite d'une de ses tentatives de suicide, il avait
dit : « Tu me rends un bien mauvais service. »

CHAPITRE 2

La nuit était tombée et il pleuvait. Antoine était
seul dans son appartement. Il décida qu'il avait
suffisamment travaillé et s'aperçut que sa boîte de
cigarillos était vide. La bouche sèche à force d'avoir
fumé, il but d'un trait le café qu'il avait laissé
refroidir et il eut une grimace de dégoût en reposant
la tasse. Comme chaque fois qu'il buvait du café
froid, il pensa à l'Italie, le pays où il avait découvert
l'existence du *caffè freddo* servi dans des tasses
pleines de glace pilée. Il se souvint de Catherine, sa
première femme, assise dans le jardin ombragé
d'un restaurant romain. Ils avaient vingt ans tous
les deux et ils venaient de se marier. On les prenait
pour le frère et la sœur. Ils avaient vu le soleil se
coucher derrière le temple de Paestum et, en
remontant, ils avaient écouté des concertos pour
flûte à Venise, dans la cour du Palais des Doges.
Tout l'été, Antoine avait conduit la 2 CV pieds nus.
Un jour, ils achèteraient une Jaguar. Quand on
s'arrêtait pour faire le plein qu'il fallait payer avec
des bons d'essence, Antoine en profitait pour se
dégourdir les jambes et l'asphalte lui brûlait la
plante des pieds. Ils avaient roulé la nuit. Cathe-

rine, qui était musicienne, fredonnait des mélodies de Mozart et, pour lutter contre le sommeil, elle chantait à tue-tête un succès de l'époque, *Brigitte Bardot Oh Oh!* C'était le début des années 60. Antoine n'allait pas s'attendrir.

Il chercha, pour la relire, la lettre dans laquelle les gens de la télévision exigeaient qu'il leur envoie sans délai son scénario. Il avait trois semaines de retard et ce retard, écrivaient-ils, leur portait préjudice. Antoine avait promis de leur donner au moins un avant-projet d'une dizaine de pages.

On lui avait commandé une émission sur Géricault et *Le Radeau de la Méduse.* Il avait espéré qu'on lui confierait un sujet de fiction mais les articles favorables qu'il avait obtenus quand son émission sur Goya était passée sur la première chaîne, avaient fait de lui un rempilé du film sur l'art. Sans cette nouvelle commande, il ne se serait jamais intéressé à l'œuvre de Géricault. Quand il allait au musée du Louvre, c'était plutôt pour regarder les antiquités égyptiennes. *Le Radeau de la Méduse* n'était pas le genre de tableau qu'il aimerait avoir chez lui : de toute façon, son appartement était trop petit.

Géricault avait donc fait irruption dans sa vie. Après le coup de téléphone lui proposant de réaliser cette émission, Antoine aurait dû aller tout de suite étudier les toiles de Géricault qui sont au Louvre, mais il avait mal aux yeux depuis plusieurs jours. Il avait d'abord cru à une poussière qui ne partait pas. Au lieu d'aller au musée, il s'était retrouvé au service d'ophtalmologie de l'Hôtel-Dieu, s'imaginant qu'il était en train de devenir aveugle. On l'avait rassuré en lui annonçant qu'il s'agissait d'une conjonctivite virale. Il dut se mettre un collyre rouge dans chaque œil et il versait la moitié des gouttes à côté en pensant à Nietzsche qui avait dû renoncer à l'enseignement à cause du mauvais état de sa vue.

Pendant deux semaines, Antoine n'avait pas pu travailler, ne supportant ni la lumière du jour ni la lumière électrique. On lui avait fait un examen du fond de l'œil. Il avait appris qu'un œil pèse sept ou huit grammes et repose sur un coussinet de graisse. Il avait cru devenir fou comme Swift que cinq hommes avaient ceinturé pour l'empêcher de s'arracher l'œil droit.

Avec ses yeux malades, Antoine n'avait pas pu regarder les albums sur Géricault qu'on lui avait confiés et s'était contenté d'écouter des disques qu'il choisissait en tâtonnant. Il s'était pris pour James Joyce cherchant à localiser un poste de radio à l'aide d'une loupe appuyée contre les verres épais de ses lunettes.

A la lettre de rappel envoyée par la télévision était jointe la photocopie d'un texte de Michelet sur Géricault, avec trois lignes manuscrites du producteur demandant que des passages de ce texte figurent dans le commentaire. S'ils se mettent à avoir des idées à ma place, se dit Antoine, ils n'ont qu'à tourner leur émission sans moi.

Cette lettre l'avait énervé mais elle avait eu le mérite de le pousser à travailler. Leur façon de commencer par « Monsieur » ! Au téléphone, ils l'appelaient Antoine. Et le style ! A leur place, Antoine aurait été plus clair : « Dernier avertissement, sinon gare. » L'émission sur Géricault serait la dernière d'une série de six fois cinquante minutes consacrées aux chefs-d'œuvre du XIXᵉ siècle français. Le responsable exerçait une pression sur les réalisateurs afin que les émissions se ressemblent toutes et qu'il soit plus facile de vendre la série. Il comptait beaucoup sur le marché des universités américaines. Il voulait « du didactique ». Il avait insisté pour qu'Antoine visionne sur une table de montage les quatre émissions déjà terminées. Antoine n'en avait regardé aucune jusqu'au bout. C'était du travail sans surprise.

Il prit connaissance du texte de Michelet, dont le ton moralisateur ne passait plus. Il s'agissait de l'un des cours que Michelet aurait donné si la monarchie de Juillet ne lui avait pas interdit de poursuivre son enseignement au Collège de France. Michelet avait réagi en publiant en volume les leçons censurées. Celle sur Géricault s'intitulait « Danger de la dispersion d'esprit ». Agacé par ce titre qui lui rappelait un de ses propres défauts, Antoine avait failli déchirer la photocopie en se disant qu'il ne préparait pas un documentaire sur Michelet. Il prit un crayon et cocha quelques phrases. Michelet exaltait la solitude de Géricault. « C'est la France elle-même, écrivait-il, c'est notre société tout entière que Géricault embarque sur ce radeau de la Méduse. » Antoine recopia la phrase dans un cahier : elle plairait au producteur, elle plairait à tout le monde, pourquoi s'en priver ? Michelet se moquait des premiers spectateurs du *Radeau*, de ceux qui avaient pensé : « Il y a trop de morts, ne pouvait-il pas peindre un naufrage plus gai ? »

Antoine se demanda s'il consacrerait l'émission uniquement au *Radeau* ou s'il s'occuperait de l'œuvre complète de Géricault et surtout de sa vie, ce qui exigerait davantage de recherches mais ce serait passionnant. Les émissions qu'Antoine avait regardées hésitaient entre les deux formules : analyse d'un chef-d'œuvre isolé ou portrait d'un artiste. Antoine n'aurait qu'à imposer ses idées. Il avait plein d'idées et il aimait dire : « Qui pense trop pense bête. » Les jeux de mots débiles lui plaisaient de plus en plus. Etre capable de faire un jeu de mots était un signe de santé mentale et de liberté. Même si elle était d'une authenticité douteuse, il mettrait dans son émission la phrase que Louis XVIII avait dite à Géricault devant *Le Radeau de la Méduse* : « Voilà, Monsieur, un naufrage qui ne fera pas celui de son auteur. »

Il referma les livres d'art qu'il avait étalés sur sa table. Il ne souffla pas sur les cendres de cigarillos qu'il avait laissées tomber en regardant les reproductions et qui s'écraseraient entre les pages. Dans le temps, il prenait soin de ses livres et les protégeait en les couvrant de papier cristal mais maintenant il allait jusqu'à noter des numéros de téléphone sur les couvertures. Il devenait de plus en plus hostile à l'ordre et au confort. Le confort l'horripilait. C'était un phénomène assez récent chez lui et il avait découvert que Gœthe était du même avis, travaillant toujours assis sur une vieille chaise en bois et ne voulant pas de canapé dans sa chambre. Gœthe trouvait qu'une pièce meublée

avec goût et confort enlevait la faculté de penser. Le
bien-être et les appartements élégants étaient destinés à ceux qui n'ont et ne peuvent avoir aucune
pensée. Antoine avait pris un certain plaisir à le
dire à son père qui venait d'acheter des fauteuils
Louis XV.

Il regarda la trace ronde que la tasse de café
avait imprimée sur la couverture de *Géricault cet
inconnu,* un catalogue ancien qu'il avait eu un mal
fou à trouver. Il le revendrait quand il aurait fini le
tournage de l'émission. Il n'aimait pas garder tout
ce qui avait trait à du travail terminé. Il essayait
d'avoir chez lui le moins d'objets possible, mais il
n'y arrivait pas. Sa table était encombrée de
bricoles auxquelles il tenait comme à la prunelle de
ses yeux. Accumulées au cours des ans, leur
présence attestait un minimum de stabilité dans sa
vie. Il y en avait aussi par terre. Des horreurs, mais
il y tenait. Il rêvait de vivre seul dans un appartement vide. C'était un idéal vers lequel il tendait.
Autant aller vivre au mont Athos. Il avait essayé.
Pas le mont Athos mais des chambres d'hôtel, où
tout ce qu'on possède en arrivant tient dans une
valise. Au bout de huit jours, il était mal vu par la
femme de chambre qui ne savait plus comment
faire le ménage. Il avait l'art de transformer ses
chambres en capharnaüm. Dans un magasin arabe,
il avait acheté une table basse en cuivre et dans un
magasin vietnamien, une sorte d'autel en verre
opaque avec des lampes rouges et les dieux du
bonheur et de la longévité. Il avait vécu à l'hôtel au
moment où il divorçait avec Catherine et avant
qu'il ne rencontre Agnès, sa deuxième femme.

Avait-il eu raison de se remarier ? Agnès était enceinte. Antoine avait invité les mêmes amis qu'à son mariage avec Catherine, n'ayant pas eu le temps de s'en faire beaucoup d'autres. Sa famille avait décrété que ce serait un mariage qui tiendrait. Antoine et Agnès vivaient ensemble depuis un an et ils étaient tous les deux professeurs. Ils avaient profité des vacances de Pâques pour partir en voyage de noces. A Dublin, Agnès avait fait une fausse couche. Assis à côté d'elle dans la salle commune, Antoine lui avait lu des passages d'une biographie de Jonathan Swift ; à la fin de sa vie, l'auteur de *Gulliver* se regardait attentivement dans son miroir et concluait : « Pauvre vieux ! » Agnès était restée déprimée pendant tout le troisième trimestre et n'avait retrouvé sa bonne humeur qu'à la rentrée. Ils étaient allés voir des films de Jerry Lewis. Elle aimait le boogie-woogie. Qui aurait pu se douter que, dix ans plus tard, elle deviendrait une adepte du bouddhisme ? Qu'elle chercherait le chemin de la compassion et expliquerait à Antoine qu'il se fourvoyait dans la chaîne sans fin du Samsara ? Tel Lao-tseu, Antoine avait essayé de garder le sourire dans cette vallée d'incohérences.

Agnès était partie vivre quelques semaines dans une communauté tibétaine en Provence. Antoine divisait le bouddhisme en deux, comme les films pornos : il y avait le hard et le soft. Le bouddhisme tibétain était le plus hard. Les lamas apprirent à Agnès qu'elle était belle parce qu'elle avait fait des offrandes à Bouddha dans ses vies antérieures. Ils affirmaient que les pauvres, obligés de travailler dur, payent ainsi des vies antérieures pendant

lesquelles ils ont triché au jeu et insulté leurs
parents.

En rentrant à Paris après son stage de purifica-
tion tantrique, Agnès portait un ruban rouge
autour du cou. Elle refusa de dire ce que c'était et
elle ne l'enleva jamais. Elle se servait d'un chapelet
qu'elle gardait dans un carré de soie blanche et elle
déclara à Antoine qu'elle ne pourrait désormais
faire l'amour avec lui que s'il acceptait de dédier
son plaisir à tous les êtres. Elle offrait son corps
parce qu'elle n'y était pas attachée et qu'elle ne le
possédait plus. A chaque baiser, elle pensait :
« Que tous les êtres soient heureux. » Il fallait aussi
qu'elle envoie de l'argent aux lamas. Elle devait
faire chaque jour des centaines de prosternations et
Antoine avait remarqué que c'était excellent pour
les muscles. Elle avait fini par dire qu'elle devait
vivre seule pour méditer. Elle s'absentait souvent la
nuit, allant prier dans un temple installé au dernier
étage d'une tour du Front de Seine. Un jour,
Antoine l'avait trouvée en train de se prosterner
devant la photo en couleurs d'une statue de Bouddha en compagnie d'un jeune homme maigre et
barbu, qui resta dîner avec eux. Ils mangèrent de la
farine à l'eau avec de la sauce de soja. Le garçon
portait, lui aussi, un ruban rouge autour du cou. Il
avait déclaré à Antoine : « Il n'y a ni Dieu ni non-
Dieu, ni toi, ni moi, pas d'ego, juste l'amour. »

Antoine et Agnès avaient fini par se séparer,
Agnès allant vivre à Vincennes dans un pavillon
loué par les bouddhistes qui espéraient y accueillir
un des maîtres tibétains réfugiés au Népal et
découvreurs des textes sacrés que Padmasambhava

avait cachés dans les montagnes au VIIIe siècle afin qu'ils soient retrouvés au fur et à mesure des besoins de l'humanité. Le pavillon de banlieue avait été baptisé Samyé. Agnès disait que c'était un symbole plein d'espoir que ce nom de Samyé rappelant le premier monastère construit au Tibet. Elle avait continué d'enseigner à des élèves de première la façon de rédiger un commentaire composé mais au lieu de les amuser en leur disant : « Thèse, antithèse et foutaise », elle leur expliquait que les grands écrivains avaient de la compassion pour tous ceux qui sont enfermés dans le cycle sans fin des actes incomplets et de leurs conséquences.

Antoine la voyait de temps en temps. Elle lui donnait rendez-vous dans des parcs et elle lui demandait de capter l'énergie des arbres. Quand elle était partie, ils n'avaient pas pensé à divorcer tout de suite. Maintenant Agnès voulait se remarier avec un bouddhiste hollandais qu'elle avait rencontré en Bretagne où une Sainteté tibétaine était venue dispenser Son Suprême Enseignement. Antoine était attristé par la voix et le débit d'Agnès. Elle parlait comme si elle récitait par cœur des formules toutes faites. Il l'avait échappé belle. Il n'aurait pas pu vivre plus longtemps avec un moulin à prières.

Elle lui avait téléphoné aujourd'hui pour lui dire que *Le Radeau de la Méduse* exprimait bien la douleur du Samsara. Il y avait beaucoup d'énergie et de vibrations dans ce tableau. Elle souhaitait que cette émission aide Antoine à éliminer son karma négatif. Qu'il recherche l'illumination pour lui tout en sachant qu'un but plus élevé est la libération de tous les êtres. Elle lui avait rappelé qu'ils avaient rendez-vous au tribunal dans quelques jours. Antoine avait perdu de vue qu'ils avaient en effet décidé de divorcer. Les frais du divorce d'Agnès étaient pris en charge par la communauté des bouddhistes qui avaient réussi à convertir un avocat. Ils avaient aussi converti un dentiste qui voulait opérer en demandant à ses patients de visualiser des fleurs de lotus au lieu de les anesthésier.

Antoine avait accepté que la cause officielle du divorce soit sa liaison avec sa nouvelle compagne, une Brésilienne avec qui il vivait depuis trois ans. Elle s'appelait Nivea Guerra. Elle travaillait maintenant dans une agence de voyages et passait son temps à repérer des hôtels et des circuits touristiques dans toute l'Europe. Antoine préférait avoir comme rival un Boeing 747 que Bouddha lui-même.

En ce moment, Nivea se trouvait à Athènes. Hier, elle était à Rome. Antoine attendait qu'elle lui téléphone. Il avait envie de lui parler du *Radeau*. Elle serait contente d'apprendre qu'il avait bien travaillé aujourd'hui. Dans l'immédiat, se dit-il, je n'ai plus qu'à me dépêcher d'écrire un scénario suffisamment imprécis pour que je ne sois pas obligé de le respecter ensuite. Il ne connaissait rien de plus désagréable que d'être le prisonnier de ses propres plans mais on attendait son texte pour faire démarrer la production. Il pourrait commencer par montrer l'autoportrait de Géricault, avec une voix off annonçant quelques dates ou lisant l'acte de naissance du peintre, mais ce serait scolaire. A moins de ne montrer qu'un bout du visage, l'œil ? Voulant tout de suite vérifier cette idée, il chercha la reproduction dans un album et masqua avec ses mains le reste du portrait, imaginant ce que donnerait sur un écran l'œil droit tout seul, un œil d'oiseau vorace. Géricault n'était pas d'humeur accommodante, ce jour-là. « Tout à fait l'œil dans la tombe et qui regardait Caïn », se dit Antoine. Il faudrait aussi qu'on lui laisse choisir l'auteur du commentaire. Il ne souhaitait pas se retrouver plus tard dans un auditorium en train d'enregistrer des phrases comme celle qu'il avait relevée dans une des autres émissions : « La peinture fait entendre la musique des couleurs. »

Ce serait plus élégant de se borner au *Radeau* mais l'émission devait durer environ trois quarts d'heure et il ne voyait pas comment intéresser si longtemps le public aux détails d'un seul tableau, sans compter que le passage à la télévision gâterait tout. Quelle aurait été la réaction de Géricault en voyant son immense *Radeau* réduit au format du petit écran ? Pour être fidèle à Géricault, Antoine aurait dû tourner l'émission en Cinérama. A la télévision, le reflet de l'écran de verre donnerait l'impression de voir les choses dans un aquarium, ce qui, pour un naufrage, serait un comble.

Antoine feuilleta encore une fois l'album sur Géricault publié dans la collection à bon marché « Chefs-d'œuvre de l'art ». Les couleurs étaient atroces. Il avait découpé des caches de différentes dimensions dans du carton noir et il s'en servit pour isoler des détails. Il évoquerait la passion du peintre pour les chevaux. Comment suggérer que le cheval incarnait l'érotisme qui semblait absent dans cette œuvre? Géricault avait laissé peu de toiles et le plus grand nombre d'entre elles représentait des chevaux. Quelques-uns étaient magnifiques, par exemple le cheval blanc effrayé par l'orage. Il existait aussi des dessins ou des aquarelles montrant des accouplements de chevaux ou des chevaux qu'on menait à la saillie, le sexe en érection. Antoine en avait vu quatre ou cinq. Une huile connue sous le titre de *L'Ecurie* représentait plus de vingt chevaux à la fois, ou plutôt leurs croupes, l'avant du corps disparaissant dans l'ombre. Géricault avait divisé le tableau en trois bandes horizontales pour y aligner les chevaux. Dans l'émission, ce serait un contraste intéressant avec le pêle-mêle des naufragés sur le radeau. Il y avait une autre toile qui montrait des chevaux vus de face et intitulée *Les Poitrails*. En filmant alternativement les poitrails et les croupes, Antoine pourrait donner l'illusion qu'il s'agissait des mêmes chevaux. Réussirait-il à suggérer l'amosphère des haras où Géricault aimait tant traîner? Il revint à la double page reproduisant le *Radeau*. Commencerait-il par une série de fondus enchaînés sur les dos des personnages? Ils avaient tous l'air bien bâtis et vigoureux. On l'avait reproché à Géricault. Il avait dû être le premier à s'en rendre compte. Le désespoir était rendu par les poses. Sans doute Géricault avait-il voulu faciliter l'identification entre les futurs spectateurs de sa toile, supposés être en bonne santé, et les naufragés. S'il avait peint des personnages malades et amaigris, il serait tombé dans l'illustration.

Les fondus enchaînés ou les travellings le long de la toile, ça aurait l'air idiot. Il fallait, en évitant la rhétorique des films sur l'art, faire des plans fixes et monter sec. Un film rapide et concentré, voilà. Antoine se sentait toujours gêné quand il disait le mot « film » à propos d'une émission de télévision. C'était la preuve qu'il préférait le cinéma et que, n'ayant pas la chance, le courage ou Dieu sait quoi d'en faire, il s'était rabattu sur la télévision. Autour de lui, tout le monde trouvait que c'était formidable de travailler à la télévision, surtout pour lui qui avait commencé par être professeur de français dans un lycée. Antoine savait qu'il aurait dû essayer de faire du cinéma. Entre-temps, qu'est-ce qui l'avait poussé à accepter ce travail sur un peintre auquel il ne s'était jamais particulièrement intéressé ? Il se posait la même question à propos de Géricault : qu'est-ce qui l'avait poussé à peindre les rescapés d'un naufrage plutôt que tous les autres sujets possibles ? Pourquoi avait-il peint ou dessiné un suicide, un assassinat, des pendaisons, des fous, des jambes coupées, des têtes de suppliciés, des hommes nus luttant avec des serpents, des chevaux attaqués par des lions et des ours mordus par des chiens ? Répondre à cette question, c'était avoir terminé le scénario. Antoine avait du pain sur la planche.

La perspective de passer son temps à filmer des tableaux inertes le déprimait. S'il avait choisi l'émission sur Degas, il aurait pu filmer des danseuses dans les salles de répétition de l'Opéra. Il ne s'était pas décidé assez vite et on avait donné Degas à un réalisateur moins désorienté. Avec Géricault, il y avait les chevaux, mais Antoine n'avait jamais mis les pieds sur un champ de courses. Il avait vu des chevaux de près quand il était petit et il avait eu peur. Aujourd'hui, grâce à la présence de la caméra, ce serait différent. Il filmerait des têtes et des regards. Il imagina des gros plans de chevaux effrayés. On les affolerait avec des pétards. Au montage, il faudrait trouver une solution plus originale que d'alterner des plans de chevaux vivants et de chevaux fixés sur la toile. Le fait que Géricault ait peint un cheval terrifié par la foudre lui plaisait.

Antoine pensa aux chevaux de bronze qui se trouvent à Venise, sur une plate-forme de la basilique Saint-Marc. C'étaient des sculptures grecques, datant sans doute de l'époque d'Alexandre le Grand. Quel siècle avant Jésus-Christ ? Il avait oublié. Ces chevaux grecs avaient été amenés à Rome où l'empereur Constantin les avait confisqués pour orner un des palais qu'il faisait construire à Constantinople. Les Vénitiens avaient négocié la prise de Constantinople avec les Croisés au XIIe siècle et les chevaux étaient arrivés à Venise. Plus tard, Napoléon les avait fait transporter à Paris, d'abord dans les jardins des Tuileries puis sur l'arc de triomphe du Carrousel. C'était le congrès de Vienne qui les avait fait revenir à Venise. Le jeune Géricault les avait sûrement vus. Antoine pourrait les filmer. Ce serait l'occasion de faire un voyage à Venise. Il pourrait inviter Nivea et lui faire une surprise. Quelle surprise ? Elle était déjà allée plusieurs fois à Venise depuis qu'il la connaissait. Elle arrangeait des week-ends avec visite de Torcello et des verreries de Murano. La vraie surprise à lui faire serait de finir l'émission sur Géricault et de préparer autre chose. Elle était gentille et elle l'écoutait encore quand il lui racontait pour la vingtième fois le comportement du capitaine pendant le naufrage de *La Méduse*, mais ça ne durerait pas. Il avait bien vu qu'elle était contrariée quand il avait dit qu'il ne pourrait pas l'accompagner à Athènes. Il était resté pour travailler et il avait perdu du temps à relire jusqu'à l'apprendre par cœur la lettre de rappel de ses producteurs. Il rêvait de Venise où les pigeons sont par terre et les chevaux se détachent sur le ciel. Il n'arrivait pas à se concentrer. Et Nivea qui se prélassait à Athènes au lieu de lui téléphoner ! Il avait été un triple idiot, il aurait dû partir avec elle. Ils seraient en train de boire de l'ouzo dans une taverne typique. Antoine ne connaissait pas la Grèce. Il avait parlé à ses élèves de Chateaubriand marchant le long de la mer qui baignait le tombeau de Thémistocle ou admirant, depuis le Parthénon, les montagnes dont les noms sont si beaux.

C'était difficile de parler de Chateaubriand avec Nivea que la littérature française n'intéressait pas. Avec Agnès, qui l'admirait tant, c'était devenu impossible : Chateaubriand n'avait pas compris que le monde que nous percevons est engendré par un karma collectif. Au téléphone, Agnès avait dit à Antoine qu'il devait considérer ses imperfections comme de la buée qui voile un miroir et qu'il avait en lui, comme tous les êtres, la nature de Bouddha. Pendant la dernière semaine qu'ils avaient passée ensemble avant de décider de se séparer, Antoine et

Agnès étaient allés en Provence. Chaque soir, il y avait des moustiques dans la chambre, et Agnès n'avait pas voulu qu'Antoine les écrase : ces moustiques avaient eux aussi la nature de Bouddha et étaient peut-être la réincarnation de ses grands-parents. Antoine était rentré à Paris couvert de boutons qui le démangeaient.

Il ramena la tasse et la soucoupe dans la cuisine et vida le cendrier. Le couvercle de la poubelle, commandé au pied, n'avait jamais fonctionné. Il aurait dû rendre cette poubelle le jour où il l'avait achetée. Il l'avait choisie parce qu'elle était en métal galvanisé. La pluie entrait dans la cuisine. Il ferma la fenêtre. Le cendrier en terre cuite avait la forme évasée et la taille d'une moitié de melon. Antoine l'avait ramené d'un séjour à Madrid où il avait filmé des peintures au musée du Prado. C'était une de ses premières émissions. L'équipe avait dû travailler la nuit pour ne pas gêner les visiteurs. Des gardiens surveillaient le moindre déplacement des projecteurs et vérifiaient avec un mètre pliant la distance réglementaire entre les tableaux et les sources de lumière. Ils arrivaient chaque soir avec des caisses de bouteilles de bière et mangeaient sans relâche des olives noires en recrachant les noyaux par terre. A l'aube, le sol du musée disparaissait sous un amas de canettes de bière et de noyaux. Antoine se rappela le bruit des canettes vides que les gardiens envoyaient rouler au pied des chefs-d'œuvre de Velasquez. Vers sept heures du matin, les gardiens faisaient découvrir à Antoine les bars de la Puerta del Sol et lui posaient des questions sur les salaires en France. Antoine rentrait dormir dans sa chambre d'hôtel dont les murs étaient recouverts de boiseries.

Ce qui était le plus surprenant, à Madrid, c'étaient les horaires. A minuit, des agents au milieu des carrefours réglaient encore la circulation. Antoine avait adoré travailler la nuit. Les autres membres de l'équipe de tournage se plaignaient. Antoine avait compris son père, qui avait toujours travaillé tard. Le matin, quand il partait à l'école, son père dormait et il ne fallait pas faire de bruit. Son père était un savant. Antoine l'avait aimé sans restrictions pendant vingt ans, en fait jusqu'à leurs premiers désaccords intellectuels. Ils s'étaient disputés à propos de la peinture abstraite et des premiers films d'Ingmar Bergman. Dès qu'Antoine s'enthousiasmait pour quelque chose de nouveau, il se faisait doucher par son père. Ensuite Antoine avait quitté la maison pour se marier avec Catherine, un mariage coupé en deux par le service militaire. Son père avait aimé Catherine : ils étaient tous les deux passionnés de musique. Il lui avait dit qu'elle était sa nouvelle fille. Il avait dit la même chose à Agnès trois ans plus tard.

Au moment de la séparation avec Agnès, Antoine n'avait pas du tout aimé les jugements que son père portait sur elle. Sous prétexte qu'il était un scientifique, réprouvant toute pratique religieuse, il l'avait traitée de schizophrène paranoïde. Antoine l'entendait encore s'exclamer : « C'est de la confusion mentale ! » Nivea n'avait pas été mieux vue mais pour d'autres raisons. Elle portait des robes trop moulantes. Antoine avait remarqué que ses parents l'invitaient à dîner de préférence quand

31

Nivea était en voyage. Ils accueillaient Nivea mais il était évident qu'ils auraient aimé qu'Antoine se trouve une autre intellectuelle française de bonne famille. Quand Antoine avait entendu son père dire à Nivea : « Alors, comment va notre sauvageonne ? », il s'était demandé si c'était vraiment amical.

Antoine trouvait que son père avait brusquement vieilli. Il ne s'enthousiasmait plus comme avant et il rabâchait. Antoine avait déjà été alerté l'année dernière quand il avait passé un week-end chez ses parents qui séjournaient à Deauville. Son père lisait les *Vies des douze Césars* de Suétone et avait raconté plusieurs fois l'histoire de l'empereur qui se faisait couper les cheveux par deux coiffeurs à la fois pour gagner du temps et celle de la vente aux enchères organisée par Auguste qui obligeait les sénateurs à acheter des tableaux exposés à l'envers.

Quand il était jeune, le père d'Antoine avait ambitionné d'écrire une histoire des sciences et de faire lui-même des découvertes importantes. Il s'était intéressé à Newton qui avait douté de ce qui semblait sûr. Newton était né en 1642, l'année de la mort de Galilée. Newton s'était servi des travaux de Galilée comme Galilée avait eu besoin de ceux du physicien flamand Simon Stevin. Cette solidarité avait plu au jeune homme : rien ne l'empêchait d'en être l'héritier. Antoine avait vu un carnet que son père avait conservé et dans lequel il avait inscrit, quand il avait dix-sept ans, des noms d'hommes de sciences, Lorentz, Planck, Einstein, Niels Bohr, avec la date de l'attribution de leurs prix Nobel. Antoine avait été touché de voir le nom de son père à la fin de la liste, avec un prix Nobel prévu pour 1948. Un des rêves du père d'Antoine avait été de rencontrer Einstein, qui était mort depuis plus de vingt ans maintenant. Le Nobel et l'amitié avec Einstein étaient des envies d'adolescent. Entre-temps, Antoine se disait que son père avait forcément vécu et été heureux. Etait-il devenu mélancolique, agressif aussi, disant qu'il n'aimait plus personne, à cause d'ambitions de jeunesse non réalisées ?

Les deux seuls sujets qu'on pouvait encore aborder avec lui étaient la vie de Baudelaire et la guerre. Il évoquait sans cesse la solitude de Baudelaire dans la France du Second Empire où le poète avait senti passer sur lui « le vent de l'aile de l'imbécillité ». Il passait des soirées entières, après le dîner, en se versant des alcools, à parler de la guerre de 40, de l'exode, du gouvernement allant prier pour la France à Notre-Dame, des officiers laissant leurs hommes libres d'arrêter le combat et de déposer les armes, des bombes sifflantes, des balles traceuses. Il se passionnait aussi pour la Grande Guerre et il avait l'art, depuis quelque temps, de ramener les conversations à la paix de Brest-Litovsk ou au traité de Versailles, ce qui lui permettait de raconter son enfance. Il ressassait les mêmes discours et il était ennuyeux. Antoine se promit d'aller voir son père pendant que Nivea était à Athènes. Il avait une culture folle et il aurait sûrement des idées sur Géricault. Il connaissait l'histoire de France sur le bout des doigts et Antoine le ferait parler du règne de Louis XVIII, sachant bien que son père finirait par oublier la Restauration pour parler de 1915.

Pierre Dufour, le père d'Antoine, était né en février 1915 à Paris où ses parents, qui avaient d'abord été marchands de couleurs dans le XIVe arrondissement, étaient devenus fabricants et négociants en gros. La firme « Dufour, Couleurs & Pigments » avait vite prospéré, grâce à l'appui d'un banquier clairvoyant et amoureux de Mme Dufour. Quand il évoquait le banquier, le père d'Antoine parlait de l'admiration de cet homme pour la ligne de chemin de fer B.B.B., Berlin-Byzance-Bagdad. En même temps, le banquier redoutait une expansion de la Triple Alliance vers l'Est.

Quand, en mai 1914, les socialistes étaient entrés au Palais-Bourbon et avaient voté l'impôt sur le revenu, le banquier s'était consolé en devenant l'amant de Mme Dufour. Le petit Pierre était né neuf mois plus tard. Le père d'Antoine revenait inlassablement sur les circonstances de sa naissance. Etait-il le fils du banquier ou le fils du mari de sa mère ? Ce mari, le Dufour de la société « Dufour, Couleurs & Pigments », avait, en août 14, mis sa famille à l'abri dans les Pyrénées et était remonté à Paris où il avait acheté une automobile aussitôt réquisitionnée par les autorités militaires. Il avait laissé le banquier rejoindre sa femme. Comme elle était enceinte, il avait pensé qu'il ne risquait pas d'être cocu. Faute de protections, il n'avait pas pu se faire réformer et il avait connu les tranchées où les rats dévoraient les cadavres. Il n'y avait pas assez de cercueils et on avait enterré des soldats dans des armoires. A ce moment-là, le père d'Antoine lui disait : « Voilà ce que tu devrais filmer ! » Le banquier s'appelait Meunier. Un jour, Antoine avait jeté un froid en faisant remarquer qu'avec ces noms-là, Meunier et Dufour, son père aurait dû devenir boulanger.

Dufour, blessé sur le front, avait passé une convalescence de deux semaines à l'hôtel Astoria. Sa fenêtre donnait sur les Champs-Elysées. C'était là qu'il avait appris la naissance de son fils. Il était mort le mois suivant en conduisant un camion entre Bar-le-Duc et Verdun, ayant eu le temps d'apprendre à jouer *Sambre et Meuse* à l'harmonica. La censure avait interdit qu'on indique sur l'avis de décès le lieu où le défunt était tombé. Après la guerre, Mme Veuve Dufour avait épousé le banquier.

Antoine se moquait de savoir si son père était le fils d'un marchand de couleurs ou d'un banquier. Il s'étonnait que son père ait attendu tout ce temps pour en parler, comme si sa naissance le tracassait au moment où il commençait à penser à la mort, bien qu'il ait à peine plus de soixante ans. Il était physicien et il avait passé sa vie à faire des recherches personnelles, élevant sa famille grâce à la fortune léguée par le banquier mort en 1937 ou 38. Antoine avait été le fils aîné d'un père qui travaillait tout le temps sans avoir de métier. De temps en temps, les enfants apprenaient que leur père avait revendu un terrain ou une maison.

Le frère d'Antoine travaillait à l'Institut National de la Recherche agronomique, organisant des colloques sur la digestion chez le porc ou le comportement des insectes. Il était devenu un des grands spécialistes mondiaux du transport de l'eau. Il habitait Versailles et des gouvernements de pays du tiers monde le consultaient. Antoine recevait des cartes postales de Yaoundé ou de Monrovia. Son frère connaissait sûrement la Mauritanie et pourrait le renseigner sur le banc d'Arguin où s'était échouée *La Méduse*. Leur sœur avait épousé un chirurgien. Elle avait fait des études de psychologie sociale et, avec des collègues, elle écrivait un livre qui prouverait, à partir de données expérimentales, la fonction discriminatoire et sélective de l'école et qui remettrait en cause la définition de l'intelligence. Elle travaillait à partir d'interviews recueillies sur des bandes vidéo et elle avait demandé à Antoine de l'aider. Il lui avait promis de lui faire rencontrer des amis opérateurs et ingénieurs du son et de filmer avec elle dès qu'il aurait fini son *Géricault*.

En réalité, quand il aurait fini l'émission pour laquelle on lui octroyait trois semaines de montage alors qu'il en avait demandé le double, il partirait avec Nivea. Tous deux rêvaient d'un endroit inconnu, où ils ne seraient allés ni l'un ni l'autre. Antoine aurait voulu connaître l'Egypte. Nivea préférait la Chine.

Antoine vérifia s'il avait de l'argent sur lui avant de quitter l'appartement. Il brancha le répondeur et laissa les lumières allumées pour ne pas rentrer dans le noir. Il comptait bien trouver un message de Nivea avec un numéro où la rappeler à Athènes. Il avait déjà cherché dans l'annuaire les indicatifs à composer pour obtenir la Grèce en automatique.

Il mourait de faim et il descendit l'escalier quatre à quatre. Il continua de courir dans la rue. Il aurait voulu se libérer de tout ce qui l'oppressait. Il avait lu l'interview d'un neurologue affirmant que la télévision injecte tous les jours des drogues psychotropiques dans le cerveau des spectateurs et il en était persuadé lui aussi. On ne lui demandait pas de chercher la vérité sur Géricault mais de faire croire aux spectateurs que la télévision s'occupait de l'art.

Antoine n'avait pas envie de manger seul. Il aurait pu téléphoner à Georges et ils se seraient saoulés tous les deux en se répétant des choses qu'ils s'étaient déjà dites mille fois, mais ce serait un coup de cinq heures du matin. Il serait étonnant que Georges, qui sortait tous les soirs, soit encore chez lui à cette heure-ci. Antoine n'aimait pas entrer seul dans un restaurant. Il se sentait humilié et intimidé. Il irait dans un café et rendrait hommage au comte Sandwich qui avait inventé au XVIIIe siècle la restauration rapide.

Il entrerait dans le premier Wimpy ou McDonald's venu et finirait la soirée avec un cheeseburger et de la bière fade dans un gobelet en carton, entouré de loubards qui lui flanqueraient la trouille. Il prendrait son sandwich et irait le manger dans la rue, devant une vitrine éteinte, tout ça parce que la femme de sa vie négociait à l'ombre de l'Acropole des prix de nuitées avec des gérants d'hôtel qui la faisaient boire et Dieu sait quoi d'autre. Nivea aimait porter des robes avec des décolletés plongeants et Antoine n'était pas rassuré quand elle partait sans lui et qu'il la voyait fourrer ce genre de robe dans sa valise. Elle avait de gros seins et il ne pouvait pas lui en vouloir de montrer ses charmes puisque c'était à cause d'eux qu'il avait été attiré par elle.

La première fois qu'il l'avait vue, elle portait une jupe en laine avec un bustier en satin. Quand elle restait à la maison, elle mettait des maillots de danseuse. Elle en avait de toutes les couleurs, achetés aux Etats-Unis où on les appelait des « léotards », du nom d'un acrobate français les ayant mis à la mode là-bas au siècle dernier. Les noms des couleurs avaient excité l'imagination d'Antoine : *Chocolate Eclair, Midnight Black, Trinket Turquoise, Apache Orange, Canary Yellow*. Elle en avait acheté d'autres à Paris, qu'elle portait avec de longues chaussettes rayées qui lui arrivaient à mi-cuisse. Elle en achetait sans arrêt et prenait des douches en les gardant sur elle pour voir lesquels ne devenaient pas trop transparents et pourraient servir de maillot de bain. Elle appelait Antoine pour lui demander son avis et il l'embrassait au lieu de la regarder. Elle le repoussait en lui demandant de rester sérieux cinq minutes.

Quand elle ne travaillait pas, elle adorait manger des pamplemousses en lisant des romans policiers. Antoine était fou d'elle. Elle avait des cheveux épais et soyeux qui lui descendaient jusqu'aux fesses quand elle se tenait droite. Elle paraissait beaucoup plus jeune qu'elle ne l'était et sa peau avait l'attrait du satin. Antoine aimait les points de beauté qui se trouvaient sous ses seins. Elle en avait aussi un, minuscule, sur l'arête du nez.

Excité par le travail qu'il avait fourni, Antoine

brûlait d'envie de faire l'amour mais il n'aurait pas supporté, ce soir, de le faire avec une autre femme que Nivea. Il avait hâte qu'elle rentre et de lui jeter les bras autour du cou. L'aimerait-il avec autant de force si elle ne s'absentait pas si souvent ? Dans une lettre qu'il lui avait envoyée hier par exprès à la poste restante d'Athènes, Antoine avait mis :

Je t'aime comme j'ai haï
D'être sans toi dans notre lit.

Si elle avait été à Paris ce soir, ils n'auraient pas mis le nez dehors et ils seraient allés très tôt au lit, à moins qu'elle n'ait voulu cuisiner, car on était samedi, jour où tout bon Brésilien mange sa feijoada. Pour la préparer, elle parvenait rarement à trouver les haricots qu'elle voulait. Elle préférait la cuisine plus raffinée de Bahia et réussissait de délicieux potages avec des crevettes et du poisson, qui embaumaient l'appartement. Elle allait souvent à la bibliothèque de l'Institut des hautes études de l'Amérique latine, rue Saint-Guillaume. Un jour, Antoine l'avait entendue qui parlait toute seule dans la cuisine. Assise sur une chaise, elle récitait un poème brésilien. « Ce soir, elle aurait sûrement préparé une feijoada », pensa-t-il en mastiquant le pain de son sandwich, accoudé au parapet du pont Saint-Michel. Il était en train d'attraper froid. Dans la brume, la façade illuminée de Notre-Dame évoquait une maquette en bois blanc, et l'horloge du quai semblait n'avoir qu'une aiguille : elle marquait une heure cinq du matin.

CHAPITRE 3

Antoine n'avait pas envie de rentrer. Il avait peur que Nivea n'ait pas téléphoné. Elle n'était peut-être pas encore à son hôtel. On dînait sûrement tard à Athènes. A moins qu'elle n'ait essayé de l'appeler du restaurant ? Il y avait deux heures de différence entre Paris et la Grèce. Il décida de marcher encore un peu. Il avait soif. Debout au comptoir, il but plusieurs bières jusqu'à l'heure de la fermeture dans une brasserie de la rue Réaumur. Les portes avaient été fermées bien avant qu'on n'éteigne les lumières. Pendant que les garçons nettoyaient la salle, les clients qui se trouvaient au comptoir avaient pu commander un dernier verre. Antoine s'était dit que la fermeture des portes créait une sorte de fraternité entre ceux qui restaient. Il avait aussi remarqué cela en avion entre les passagers d'un même vol, surtout après un trou d'air. C'était plus saisissant dans les bars où la clientèle est mélangée. Dans un avion, les gens vont tous au même endroit. Dans un bar, ils vont à la dérive. Antoine eut l'impression que tout le monde s'agrippait au comptoir pour ne pas sombrer. Cette brasserie devenait le radeau de la Méduse. Son voisin lui demanda l'heure. Il se souvint de Nivea qui devait être en train de l'appeler. Il regarda encore une fois sa montre et se demanda si quelqu'un avait jamais possédé autant de montres que lui. Il en avait porté des dizaines, qu'il ne faisait jamais réparer, les gardant en vrac dans un sac en plastique. Il lui arrivait aussi de les offrir.

Il avait acheté en 1967 ou 68 une superbe Breitling à trois chronomètres qu'il avait vue à l'aéroport de Genève. Elle couvrait tout le poignet et il l'avait échangée contre celle d'une femme qu'il ne connaissait pas, un soir où il dînait près de la Bourse avec des collègues du lycée. Ils avaient été rejoints au dessert par une vraie héroïne de roman policier. James Hadley Chase aurait écrit que ses appas étaient capables de faire sortir George Washington de sa tombe. Elle avait immédiatement repéré la montre d'Antoine et elle avait dit que cette montre était comme une piscine et qu'on avait envie de plonger dedans. Elle-même portait une montre dont elle avait enlevé les deux aiguilles. Antoine lui avait demandé si elle avait lu *Le Bruit et la Fureur* et il s'était lancé dans un discours sur la temporalité chez Faulkner. Il n'avait parlé qu'avec elle jusqu'au moment où le groupe avait quitté le restaurant. Avant de se séparer devant une station de taxis, il lui avait demandé si elle voulait bien qu'ils échangent leurs montres. Elle avait accepté comme on cède à un caprice d'enfant. C'était elle qui faisait une bonne affaire et en contrepartie elle avait invité Antoine à venir dîner chez elle le lendemain. Elle lui avait dit au revoir en l'embrassant sur la bouche. Persuadé d'avoir fait sa conquête, Antoine était tombé de haut quand il avait découvert, le lendemain soir, qu'elle vivait en ménage avec une autre femme.

La montre qu'Antoine portait ce soir avait, elle aussi, une histoire. Catherine la lui avait offerte au tout début de leur mariage. Il l'avait remarquée sur une photo publicitaire et le lendemain la montre l'attendait sur la table du salon. Avec le recul, Antoine regrettait son premier mariage. Il y pensait comme si c'était arrivé à quelqu'un d'autre. Ils s'étaient mariés trop jeunes, ce qui ne lui avait pourtant jamais paru une explication suffisante. Ambitieux et intransigeants, ils avaient passé leur temps à s'accuser l'un l'autre d'orgueil et d'égocentrisme, trop jeunes en effet pour accepter que ce soit monnaie courante dans la vie des gens.

Antoine avait acheté à Catherine, qui le lui avait demandé, une robe claire comme celle de Jeanne Moreau dans *Jules et Jim*. Elle avait trouvé de son côté les mêmes lunettes de soleil que celles d'Audrey Hepburn dans un film américain. Ils étaient encore étudiants. Le matin, ils prenaient le métro ensemble et ils s'embrassaient jusqu'à la station Franklin-Roosevelt où Antoine changeait de ligne. Parfois Catherine descendait sur le quai avec lui et ils continuaient de s'embrasser sans retenue en attendant la rame suivante.

Chez eux, il y avait peu de meubles. Sur une table basse de Noguchi, plateau en verre et piètement démontable, ils laissaient traîner des livres d'art dont ils tournaient quelques pages avant d'aller se coucher. Ils aimaient Paul Klee et

Georges Braque. Un jour, ils seraient assez riches pour s'acheter une aquarelle de Paul Klee. Ils avaient appris la mort de Braque à la radio. André Malraux avait prononcé un discours.

La plupart de leurs amis étaient plus âgés qu'eux. Ils auraient eu l'impression de perdre leur temps en compagnie de gens de leur âge qui n'avaient rien à leur apprendre. Ils invitaient leurs amis à dîner pour leur poser des questions et acquérir davantage de connaissances. L'un d'eux jouait du hautbois. C'était, disait-il, comme de respirer sous l'eau. Il venait avec son instrument qu'il entourait d'écorces d'oranges pour le préserver de l'humidité et il jouait du Mozart après le repas.

Elisabeth, la meilleure amie de Catherine, était une ancienne élève de Merleau-Ponty. Merleau-Ponty avait écrit que pour être tout à fait homme, il fallait être un peu plus et un peu moins qu'homme. Il avait fallu des années à Antoine pour se rendre compte que cette phrase ne voulait strictement rien dire. Elisabeth venait de divorcer et, se retrouvant seule, elle passait souvent les voir. Elle avait lu tous les livres de Freud et ils se demandaient si le rêve est vraiment la réalisation déguisée d'un désir qu'on réprime. Ils parlaient avec agitation de la vie sexuelle en buvant des mélanges de rhum et de Coca-Cola.

Catherine deviendrait une grande violoniste. Elle interprétait déjà honorablement les sonates et partitas pour violon seul de Bach, et ses professeurs l'adoraient. Elle avait remporté un prix à un concours international en Allemagne et elle donnait des récitals pour Antoine dans la cuisine dont l'acoustique était meilleure que celle des autres pièces de l'appartement. Elle portait des robes à jupe plissée et à col plat, en crêpe blanc. Antoine lui avait dit qu'il préférait son jeu à celui de Johanna Martzy, une artiste hongroise qui avait enregistré l'intégrale des sonates de Bach. Ils avaient acheté les trois disques long playing chez Sinfonia. C'était une dépense importante pour un jeune ménage mais c'était pour le travail de Catherine. Ils avaient aussi acheté un 45 tours de Ray Charles qu'ils écoutaient le matin en se levant.

Depuis, Antoine avait perdu une dent, il avait perdu des cheveux mais il avait gardé Ray Charles. A son tour, Agnès avait aimé Ray Charles jusqu'à ce qu'elle se mette à préférer les gongs et les trompettes tibétaines. Nivea, elle, connaissait *What I Say* par cœur. Ce disque était le meilleur souvenir qu'Antoine avait conservé de son premier mariage.

A l'époque, sa famille était persuadée qu'il deviendrait un ponte de l'université française. Il avait fini par le croire lui-même. Son beau-père y comptait ferme. Quand Antoine avait compris qu'il ne pourrait faire autrement que décevoir tout le monde, il avait commencé à devenir nerveux.

Il se réveillait au milieu de la nuit en poussant des cris et il n'arrivait plus à traverser les ponts de la Seine en voiture sans penser que le pont allait s'écrouler. Il fallait qu'il les traverse à pied et en courant. Il avait repéré les plus courts et les moins effrayants, qui étaient le Petit-Pont et le pont Notre-Dame, qui l'obligeaient à passer par l'île de la Cité pour changer de rive. Le Pont-Neuf convenait aussi, ayant l'air plus solide que les autres. Il se mit à prendre des médicaments aux propriétés relaxantes et apaisantes. On lui en prescrivit d'autres, l'absorption d'alcool durant le traitement étant formellement interdite.

Il se lança dans une cure de psychanalyse avec une femme âgée qui le recevait dans une grande pièce sombre. Il arrivait toujours à l'heure, songeant à ce mot : « Il ne faut pas que je sois en retard, sinon elle va commencer la séance sans moi. » Il ne tolérait pas de rester allongé sur le divan ni que l'analyste se cache derrière lui. Freud avait établi cette règle parce qu'il trouvait insupportable d'être dévisagé durant huit heures par jour ou davantage. Antoine découvrit que la franchise ressemble à l'impolitesse. Il fut informé de ce que l'amour est la répétition de réactions infantiles. Chaque fois qu'il rentrait chez lui, Catherine lui demandait des détails sur le déroulement de la séance. Au bout d'un mois, la psychanalyste avait dit à Antoine de quitter sa femme le plus vite possible et il n'avait pas su comment répondre aux questions de Catherine qui était venue l'attendre dans un bistrot voisin.

Il s'était retranché derrière Freud qui conseillait de ne pas parler de ses séances de psychanalyse à son entourage. La mère d'Antoine trouvait que son fils ferait mieux de se calmer en étudiant le violon et que Catherine aille se faire psychanalyser. Antoine ne savait plus comment s'en sortir. Catherine le traitait d'égoïste : il n'avait fait imprimer que son nom à lui dans l'annuaire du téléphone au lieu de la mention « Monsieur et Madame ». Ses parents lui demandaient quel serait le sujet de sa thèse et il n'en savait rien. L'analyste s'entêtait, affirmant qu'il était marié avec une personne mortifère. Un jour Catherine annonça qu'elle préférait vivre seule plutôt qu'avec un homme qu'elle n'aimait pas. Ils se séparèrent et restèrent dix ans sans se revoir.

Aujourd'hui, Catherine occupait un poste de conseillère artistique dans une importante maison de disques. Elle s'était remariée et avait eu trois enfants qui apprenaient tous à jouer d'un instrument de musique. Quand elle apprenait qu'une émission d'Antoine allait être diffusée, elle le félicitait en mettant trois lignes sur une carte postale. Ce serait une joie pour elle de regarder l'émission. Antoine ne savait jamais ce qu'elle en pensait.

Ils s'étaient revus quand Antoine s'était senti profondément malheureux au moment où Agnès devenait bouddhiste. Il avait eu besoin d'en parler à quelqu'un et il avait téléphoné à Catherine. Elle l'avait invité au restaurant danois des Champs-Elysées où il avait commandé du renne au genièvre. Elle avait pris du saumon grillé. Elle avait tenu à payer puisqu'elle gagnait mieux sa vie qu'Antoine. Antoine s'était demandé si elle ferait passer l'addition en note de frais. Il n'avait parlé d'Agnès qu'au dessert. Catherine avait eu l'air contente de pouvoir le consoler. Elle s'était mise à lui téléphoner presque tous les jours de son bureau, comme quand on prend des nouvelles d'un grand malade. Elle trouvait qu'Agnès avait rendu service à Antoine puisqu'elle l'avait poussé à quitter l'enseignement et à entrer à la télévision. Il fallait qu'Antoine la laisse chercher son propre bonheur, mais Antoine n'acceptait pas de voir Agnès livrée à des lamas qui l'abrutissaient. Qu'on puisse vénérer Bouddha dans des mouches et des moustiques l'agaçait.

C'était flatteur d'être un Bouddha et de sortir de la confusion. La Sutra du Diamant disait qu'il n'y a pas de but à atteindre, pas de chemin, que tout est là, que tout est donné : rien à faire, rien à regarder, juste être. Antoine était scandalisé par le côté immobilier des bouddhistes qui fondaient des associations et se faisaient offrir des maisons par de vieilles femmes riches à qui on expliquait le sens profond de l'offrande du mandala. La pratique spirituelle des disciples consistait à retaper les maisons pendant les vacances. C'était la faute de Mao Tsé-toung qui avait chassé les moines tibétains du Tibet. Ils s'étaient réfugiés en Inde où des hippies américains les avaient invités à venir en Californie et maintenant l'Europe copiait la Californie.

Antoine pouvait se féliciter d'avoir rencontré Nivea à temps. C'était devenu terriblement ennuyeux de parler avec Agnès. Elle voyait des Bouddhas partout. Si elle avait été là, dans cette brasserie de la rue Réaumur, elle aurait dit que le garçon de café qui lavait les verres avait la nature de Bouddha. Les deux prostituées qui bâillaient à côté d'Antoine auraient été des Bouddhas. *Le Radeau de la Méduse* ne représentait sans doute pour Agnès que des Bouddhas détériorés par le transport.

Se croyant toujours accoudé au comptoir de la brasserie, Antoine se rendit compte qu'il était en train de boire du whisky dans un bar, assis à une table, avec un couple en face de lui qui se caressait d'une manière effrénée. Comment était-il arrivé là ? Il avait dû marcher sans faire attention, plongé dans ses pensées. Il avait dû trop penser à Géricault et au *Radeau de la Méduse*. Il eut un moment de panique. L'angoisse provenant toujours d'un déficit informationnel, il regarda autour de lui et fut rassuré en constatant qu'il était dans un endroit où il venait souvent. Il vérifia la présence de billets de banque dans sa poche. Il ne voulait pas commander des boissons qu'il serait incapable de payer. Il y avait beaucoup de monde. Au lieu de se demander pourquoi il était sur cette planète, ou bien ce que sont venus y faire les autres, il restreignit son ambition et se demanda ce qu'étaient venus faire tous ces gens dans ce bar.

Le bar était enfumé et ils ne prêtaient pas attention à l'atmosphère d'étuve que les nouveaux venus trouvaient asphyxiante avant de s'y adapter à leur tour. Toutes les tables étaient occupées et la musique était couverte par le bourdonnement des conversations. Ils s'entassaient entre le comptoir et le mur, attendant de trouver un peu d'espace sur le rebord du comptoir pour y appuyer un de leurs coudes. Quand d'autres s'en iraient, ils s'installeraient sur les tabourets devenus libres, obligés entre-temps de rester debout pendant des heures, volubiles puis assommés par l'alcool qui ralentissait leurs gestes et leurs pensées.

Quelle heure pouvait-il être ? Au moins trois heures du matin. Ils ne se rendaient pas compte du temps qui filait. Ils ne pensaient plus qu'ils avaient, dans la même ville, un appartement ou une chambre d'hôtel. Ils n'y pensaient plus. Plongés dans le vacarme, des pensées audacieuses leur venaient, vers lesquelles l'alcool les dirigeait, et ils redoutaient que ces pensées ne repartent quand l'alcool quitterait leur sang. Ils se mettaient brusquement à raconter des histoires sur eux-mêmes, des histoires qu'ils n'aimaient pas raconter d'ordinaire parce qu'ils n'avaient aucune envie de s'en souvenir. Ils tâchaient de nier les trois besoins essentiels de l'être humain : le sommeil, l'oxygène et l'eau, même s'ils savaient, à propos de l'eau, que la quantité d'alcool dans les boissons alcoolisées est volumétriquement faible. Ils en tiraient argument pour boire davantage et ils disaient que quelqu'un qui arrête de boire présente dès le deuxième jour une peau grisâtre et des joues creuses. Ils se faisaient peur en évoquant des maladies qu'ils ne connaissaient même pas et certains parlaient du tétanos qui atteint les vertèbres cervicales et empêche de déglutir. Ils précisaient que les muscles des mâchoires se contractent alors au point qu'il faut arracher les dents de devant pour introduire une tétine ou une sonde dans la bouche. Ils parlaient de l'ivresse comateuse, des crises convulsives, d'autres troubles graves et précoces. Ils savaient que l'alcool finit par vous faire voir des grouillements d'animaux infects qu'on essaie en vain d'attraper sur son corps.

Ils buvaient surtout la nuit. Le jour était consacré à la vie professionnelle, à la vie sociale, à la vie normale. En fin de journée, ils voyaient leurs enfants, ils mangeaient, ils répondaient au téléphone. Ensuite ils sortaient et passaient une partie de la nuit dehors. Quand un bar fermait, ils connaissaient toujours l'adresse d'un autre bar qui serait encore ouvert. Ils entraient, serraient des mains, appelaient les serveurs par leur prénom et caressaient l'acajou des comptoirs, bruni par le temps.

Ils parlaient beaucoup, et plus ils devenaient saouls, plus ils parlaient. Ils racontaient leur vie, la leur et celles d'hommes et de femmes célèbres. Ils abordaient tous les sujets. Ils avaient la voix rauque des enfants qui ont trop crié.

Ils buvaient leurs bières. Ils savouraient leurs cocktails. Ils regardaient les bouteilles multicolores rangées selon une hiérarchie qui leur échappait. Ils regardaient les reflets des bouteilles dans le miroir derrière le comptoir. Le rhum venait de Porto Rico, la tequila de Mexico D.F., et les vodkas étiquetées en Pologne, en Russie, en Finlande ou fabriquées en France d'après une recette du temps des tsars leur fournissaient un prétexte pour parler de politique et rebâtir le monde.

L'alcool les rendait moins égoïstes. Ils se surprenaient à s'occuper de ceux qui les accompagnaient, prenant à cœur leurs problèmes, promettant de l'aide sous forme de coups de téléphone qui seraient donnés dès le lendemain, posant des questions précises qui montraient leur sollicitude, des questions qu'ils n'auraient jamais eu l'idée de poser s'ils n'avaient pas bu. Ils disaient que les êtres humains ne sont en général que des pantins qui s'agitent, mais qu'à considérer les gens un à un, ils leurs trouvaient à tous de l'intérêt. Ils seraient prêts, avec un verre ou deux de plus, à pratiquer les vertus de charité et d'humilité.

Ils articulaient de moins en moins bien et l'ivresse les empêchait d'utiliser rationnellement leur glotte, leur langue, leurs fosses nasales. Ils se souvenaient alors que l'être humain n'a aucun organe prévu pour la parole et doit se servir des organes biologiques qu'il a en commun avec les mammifères.

A la fin, ils n'éprouvaient même plus le besoin d'être compris, mangeant les biscuits salés que les serveurs leur apportaient sur une assiette de porcelaine. Ce besoin de sel était la conséquence d'une perte de chlorure de sodium dans l'organisme.

Conduits dans les bars bruyants par une force inéluctable, ils se justifiaient en évoquant Dionysos et Bacchus, et ils regrettaient de ne jamais avoir étudié la mythologie. Ils parlaient de Loth et ses filles, oubliant que les filles de Loth avaient saoulé leur père pour coucher avec lui.

Ils se disaient que l'univers ne serait bientôt qu'un amoncellement de matières plastiques. Ils parlaient des prochaines famines généralisées et ils prévoyaient la date du conflit atomique. Ils déliraient. Dans le délire de certains, les bombes atomiques explosaient, l'humanité disparaissait. D'autres se demandaient s'il vaudrait mieux se réfugier en Islande ou en Australie.

Entre-temps, ils buvaient et ils aimaient être là.

Parfois ils venaient dans le bar simplement pour se trouver un ou une partenaire pour la nuit et ils se réveillaient le lendemain à côté de quelqu'un qu'ils ne connaissaient pas. On disait que l'alcool est un court-circuitage de la sexualité et ils se moquaient des gens qui disaient cela. Ils buvaient de façon compulsive sans échapper pour autant à la stupeur et à l'imbécillité qui sont le lot de tout le monde, sans échapper à un état de semi-imbécillité qui est encore pire.

La psychiatrie les avait d'ores et déjà classés en variétés gamma ou delta de Jellinek, mais Baudelaire ayant écrit un éloge du vin, ils s'appelaient entre eux les dandys de l'alcoolose. Ils buvaient aussi parce que cela ne sert à rien.

Antoine rentra chez lui à quatre heures du matin. Nivea avait laissé un message sur le répondeur. Son téléphone à Athènes était 79.07.11. Elle habitait au Saint George Lycabettus Hotel. Elle avait une voix adorable et demandait à Antoine de ne pas la rappeler la nuit. Il remonta le réveil et le fit sonner à huit heures. Il voulut s'endormir en écoutant de la musique et se baissa pour fouiller dans ses disques. Il n'avait pas encore pensé aux musiques qu'il utiliserait pour son *Géricault*. Ce serait amusant de faire un clin d'œil à Catherine et d'introduire dans la bande sonore un des morceaux de violon qu'elle aimait dans le temps, Sibelius par exemple, ou Paganini. Elle avait souvent comparé Antoine à Paganini. Les mêmes mèches de cheveux, disait-elle, et la même figure tourmentée. Depuis, d'autres femmes l'avaient comparé à un panthéon de génies qui étaient aussi des demi-timbrés. Cette constance à voir en lui un être à part, un garçon charmant qui se fourvoyait, aurait dû l'inquiéter mais n'était-ce pas le côté hagard de son personnage qui retenait près de lui celles qu'il ne cherchait plus à séduire autrement ?

Il savait bien, en se traitant de personnage hagard, qu'il se laissait subjuguer par un adjectif. Dans le vocabulaire de la fauconnerie, on appelait « hagard » l'oiseau de proie impossible à dresser. Les autres rapaces, ceux qui se soumettaient, étaient qualifiés d'oiseaux niais. Hagard ou niais : rien, se dit Antoine, ne m'oblige à accepter cette alternative. Sans doute, comme tout le monde, aimait-il se faire prouver son existence par les autres. Pourquoi s'acharnait-il à déprécier ses rapports avec les femmes quand il tentait d'y penser avec un semblant de recul ? Pourquoi, après coup bien sûr, réduire ses amours à des clowneries ? Il croyait être parvenu à une certaine maturité d'esprit et s'étonna de retomber dans ses vieux tics, surtout celui de la séduction inhérente à une prétendue bizarrerie de sa conduite. Ce dont il rêvait, c'était qu'autour de lui on ne puisse pas s'empêcher de l'aimer. Il alluma un dernier cigarillo avant d'aller dormir. Catherine ne supportait pas qu'il fume au lit. Il empestait de l'infâme odeur de ses cigarillos tout leur appartement qui aurait dû être un temple consacré à la musique et à la philologie, puisqu'à l'époque les livres de chevet d'Antoine étaient *Le Langage* de Vendryes, *La Vie des mots* de Darmesteter et le *Cours de linguistique générale* de Saussure. Il avait passé des mois à annoter ces livres, et il se souvenait à peine de ce qu'il y avait dedans.

Catherine avait-elle comparé leur appartement à un temple ? Sûrement pas. Elle avait juste comparé

Antoine à l'un ou l'autre virtuose du siècle passé. Venant d'elle, c'était gentil. Paganini le démoniaque ! Paganini et Géricault avaient dû être à peu près contemporains. Antoine contrôlerait les dates demain. Il retrouva un 33 tours 25 centimètres, *David Oïstrakh interprète les Maîtres du Violon,* qui datait du temps où on mentionnait encore sur les disques : « microsillon incassable », et qui s'était avéré plus solide, en effet, que son mariage.

Quand il avait bu, il était pris d'une grande envie d'aimer tout le monde et de téléphoner à ses amis pour le leur dire. Il repensa à Catherine : « Tu as été la lumière de ma vie. » Ou à Agnès : « Je n'ai jamais aimé que toi, il faut que tu le saches. » Il aurait voulu demander pardon. Il aurait pu téléphoner à Catherine : « Je pense que tu es un éteignoir. » A Agnès, il aurait dit : « Tu as des yeux de folle et tu me déboussoles. » Ou bien il lui aurait récité un mantra. *Om Ah Um.* Il y a des mantras pour toutes les situations, pour chasser les mauvais esprits ou pour guérir les hémorroïdes. Antoine savait qu'il était saoul. Il avait commis l'erreur de boire au lieu d'accepter l'absence de Nivea. Nivea était en Grèce. Elle était une déesse, Athéna, Aphrodite, Perséphone. Il lui avait envoyé un poème. Les surréalistes ont dit que la poésie se fait dans un lit comme l'amour. Si j'écrivais des poèmes, pensa Antoine, ils serviraient de parking aux mots qui roulent dans ma tête.

> *Je suis triste et beau à voir*
> *Je suis vu dans cette histoire*

Il n'était pas triste du tout. Il allait s'endormir en pensant à Nivea.

Nivea était une belle jeune femme de trente-sept ans et elle avait grandi en même temps que la ville de Brasilia. Elle avait beau dire à Antoine qu'elle avait déjà dix-sept ans quand on avait commencé de construire Brasilia, il tenait à cette idée. Il aimait associer une femme et une ville. Le nom de Brasilia avait été retenu dès 1822 pour devenir celui de la future capitale, quand le régent du Brésil eut l'idée d'en devenir l'empereur.

Nivea avait mené jusqu'à ce qu'ils se connaissent une vie qu'Antoine ne se lassait pas de lui faire raconter. Elle avait commencé de vivre avec un homme dès l'âge de quinze ans. L'homme en question, un brillant journaliste, l'avait emmenée à Brasilia pour l'inauguration officielle. Elle était enceinte et elle était restée bloquée la moitié de la nuit dans un ascenseur.

Les récits de Nivea avaient renseigné Antoine sur le Brésil dont il ignorait jusqu'au nom du président actuel, se satisfaisant de l'image confuse qu'on a du Brésil en Europe, la macumba, les piranhas, les rois du caoutchouc et les rois du football, le Pain de Sucre et Bahia de tous les saints, ce qui avait exaspéré Nivea à leur première rencontre et failli compromettre la deuxième. Le nom de Kubitschek lui disait quelque chose mais le président favori de Nivea était Janio Quadros, si tant est, précisait-elle, qu'on puisse en préférer un. Quadros avait toujours l'air débraillé bien que l'emblème de sa campagne ait été un balai neuf. Triomphalement élu en automne 1960, il avait démissionné l'année suivante au mois d'août. Les réactionnaires l'accusaient d'avoir reçu et décoré Che Guevara et de vouloir instaurer au Brésil un régime castriste, ajoutant qu'il était un dragueur et un alcoolique. Il recevait plus volontiers des jeunes filles que ses ministres. Il buvait et il ressemblait à Groucho Marx. Ses discours plaisaient aux gens. En annonçant sa démission à la télévision, il avait indiqué que des forces étrangères menaçaient le pays. Ses ennemis avaient répondu que ces forces étrangères existaient en effet et ils avaient donné des noms : Johnny Walker, Jack Daniels, J & B. Dans les bars de Rio, les clients commandèrent leur verre de scotch en disant au barman : « Une force étrangère ! »

Antoine adorait cette histoire. Il essaya de trouver d'autres noms d'alcools et pensa au *Four Roses,* le bourbon de Mr. Rose qui l'appela ainsi en hommage à ses quatre filles, un homme plus intéressant que le Dr. March. Antoine préféra penser à Nivea, la belle et merveilleuse jeune fille enceinte pendant le bref mandat du président Quadros. Elle avait appelé sa fille Noêmia et elle s'était installée à Rio avec son enfant et son journaliste. Nivea, jeune mère qui venait d'avoir dix-huit ans, allaitait sa fille en écoutant des sambas. Ses amies passaient la voir. Elle leur parlait de Sergio, le père de la petite. Il avait un jour voté, comme des milliers d'électeurs de l'Etat de São Paulo, pour un certain Carareco qui ne figurait sur aucune liste : Carareco était un vieux rhinocéros du jardin zoologique.

Sergio commençait à devenir un journaliste

écouté. On l'invitait à des débats et il apparaissait à la télévision. Il s'occupait d'économie et d'agriculture et connaissait beaucoup de monde. Il voyait des gens de plus en plus riches que Nivea détestait mais qu'elle n'avait pas à recevoir à la maison : on n'invite pas les riches, c'est eux qui le font. Elle les rencontrait dans des restaurants où il y avait autant de fleurs que de nourriture sur la table et elle avait fini par refuser d'accompagner Sergio dans ces soirées. Elle préférait dîner avec ses amies ou bien aller au cinéma et danser toute la nuit. Elle tapait à la machine les articles de Sergio et elle était de moins en moins d'accord avec ce qu'il écrivait. Ils n'avaient plus le temps d'en discuter. Un jour, sans le prévenir, elle avait censuré deux paragraphes qu'elle jugeait inacceptables et elle avait posté l'article. A la parution de l'hebdomadaire, Sergio s'était emporté et il l'avait giflée. Elle n'avait pas bougé et avait répondu qu'elle lui pardonnerait plus volontiers cette gifle qu'un texte où il avait pris le parti des spéculateurs contre les petits paysans.

Antoine était d'accord avec Nivea : ce Sergio était un salaud. Au fond, elle était trop jeune quand elle l'avait rencontré. Nivea disait qu'il était beau comme un dieu mais Antoine savait qu'on a toujours tendance à enjoliver ses souvenirs. Lui aussi, il aurait pu dire à Nivea que Catherine à vingt ans avait des cheveux couleur d'or flottant sur des épaules plus pâles que neige ou ivoire. Sergio avait déclaré à Nivea qu'elle avait les mêmes yeux vert pâle que Scarlett O'Hara. Antoine aurait trouvé mieux, comme comparaison. Le jade des yeux de Nivea évoquait autre chose que des héroïnes de best-seller.

Un soir à Rio, Nivea avait voulu retrouver l'exemplaire d'*Autant en emporte le vent* dans lequel son amant avait coché pour elle la description de l'héroïne. Elle avait découvert une lettre d'amour très explicite envoyée à Sergio par Laura, une de ses deux ou trois meilleures amies. Elle avait regardé la date : la lettre avait été postée pendant sa grossesse. En laissant la lettre ouverte sur le canapé, elle était sortie avec sa fille et avait bu plein de cafés très noirs. Elle en voulait aussi à Laura qui avait dû avoir des remords puisqu'elle s'était proposée sans arrêt pour garder Noêmia le soir.

Huit jours plus tard, Nivea avait quitté Sergio. C'était une rapide. Elle avait raflé tous les disques puisque Sergio prétendait les acheter pour elle. Elle avait aussi emporté le tourne-disque. De rage, elle avait pris un pinceau et tracé sur chaque mur de l'appartement le prénom de sa copine.

Dans l'aventure, elle avait perdu une table indo-portugaise du XVIIe siècle, en bois de rose avec des incrustations d'ivoire, que lui avait offerte un vieux monsieur délicieux, un ami de ses parents. La table était trop lourde pour qu'elle puisse la descendre toute seule, et Sergio, qui se l'était appropriée, travaillait dessus.

Elle s'était réfugiée avec sa fille chez des amis qui avaient fini par dire à Sergio qu'elle était chez eux. Sergio avait téléphoné et voulu savoir si Nivea l'avait quitté pour un autre homme. Il avait pleuré et elle avait accepté de le revoir. Ils avaient déjeuné ensemble et ils étaient allés dans un hôtel de l'Avenida Atlãntica. Sergio avait éjaculé tout de suite et Nivea, qui n'avait eu le temps d'enlever que ses bas et son slip, avait eu l'impression de s'être prostituée. En quittant la chambre, Sergio lui avait demandé de se marier avec lui. Ils s'étaient revus au Jardin Botanique avec Noêmia que Sergiø avait presque tout le temps portée dans ses bras en l'appelant « Miss Estados unidos do Brasil ».

Ensuite Nivea avait trouvé du travail et un appartement. Elle avait vécu seule avec sa fille et elle n'avait pas voulu revoir Sergio. C'était du moins ce qu'elle avait dit à Antoine, à qui elle n'avait pas de raison de mentir. Après, elle avait eu une histoire avec un étudiant en architecture. Peut-être l'avait-il emmenée à Brasilia, lui aussi. Le plan de la ville était l'œuvre de Lucio Costa, un urbaniste brésilien né en France, mais la plupart des gens mentionnaient plutôt le nom de l'archi-tecte Niemeyer, le communiste qui avait construit des églises. A Paris, Nivea avait demandé à Antoine de lui montrer la façade du bâtiment dessiné par Niemeyer pour abriter le siège du parti communiste français. Elle aimait le travail des artistes brésiliens.

Le seul objet qu'elle ait conservé du temps de sa liaison avec Sergio était un cadre dans lequel il avait mis une photo d'elle prise par lui. Le tirage avait rendu encore plus pâles ses yeux verts. Elle aimait beaucoup sa bouche sur cette photo. La lumière avait bien fait ressortir le contraste entre sa lèvre supérieure dessinée au moins par Botticelli et qui allait s'amincissant avec élégance jusqu'aux commissures, et la lèvre inférieure très charnue qui

60

lui donnait, à son avis, un air de salope qu'elle ne détestait pas. A quatorze ans, elle savait déjà vamper aussi bien avec sa bouche qu'avec ses regards. Sur la photo, elle avait dix-sept ans. Elle était enceinte à ce moment-là. Aujourd'hui, il suffisait qu'elle cambre la taille avant de s'asseoir dans un restaurant pour que les conversations s'arrêtent.

Antoine s'endormit en imaginant la scène : Nivea entourée de joueurs de bouzoukis, dans le plus huppé des restaurants d'Athènes, portant une robe au décolleté audacieux et riant à tout ce qu'on lui disait sans rien écouter, impatiente de rentrer à l'hôtel et de téléphoner à son petit Antoine.

CHAPITRE 4

Quand elle avait connu Antoine, Nivea venait à peine d'arriver à Paris où elle s'était trouvé deux amants qu'elle avait abandonnés pour lui qui était plus amusant. Elle était descendue au Ceramic Hotel en regrettant que les chambres ne tiennent pas les promesses de la façade. Des Brésiliens de New York lui avaient donné l'adresse. Elle sortait avec une bande d'amis qu'Antoine n'avait pas eu envie de connaître. Il la rejoignait vers une heure du matin directement à l'hôtel. C'était à l'époque où Agnès partait chaque jour méditer dans son temple bouddhique.

Antoine et Nivea se levaient tard et comme on ne voulait plus leur servir le petit déjeuner dans la chambre, ils allaient place des Ternes et buvaient des cafés crème en respirant des odeurs de quiches lorraines. Nivea venait d'avoir trente-quatre ans et elle en paraissait vingt-cinq. Antoine n'avait pas voulu croire que Noêmia, dont elle lui montra des photos, était sa fille, une jeune fille de dix-sept ans, avec des jambes qui n'en finissaient pas. Elle était danseuse classique à Salt Lake City, la capitale des

63

Mormons, et elle n'arrêtait pas de faire des tournées dans toute l'Amérique du Nord. Sa mère et elle s'écrivaient souvent.

Le rêve de Noêmia était d'être engagée à New York par Balanchine. Elle pensait que, physiquement et moralement, elle était le type de danseuse qui pouvait inspirer le vieux maître qu'elle révérait et qui disait qu'une compagnie de ballet avait besoin d'un chorégraphe comme un restaurant a besoin d'un bon chef. A son mur, elle avait des photos de Melissa Hayden et Maria Tallchief. Quand on avait demandé à Balanchine comment il fallait préparer un enfant à devenir danseur, il avait répondu : « Lisez-lui des contes de fées. » Noêmia connaissait les contes d'Andersen. Elle devait passer prochainement une audition devant Balanchine lui-même, et Nivea projetait de rentrer à New York pour être avec sa fille à ce moment-là. Elle avait montré à Antoine, qui lui conseillait de laisser cette jeune fille vivre sa vie, des coupures de presse où on louait chez Noêmia une excellente technique et une interprétation très musicale. Ce n'étaient pas des journaux de New York mais c'était encourageant.

Audition ou pas, il était temps que Nivea rentre. Elle était venue à Paris en profitant d'un congé mais elle travaillait chez un tailleur près de Central Park. Elle accueillait les clients. Sa vie se passait à New York. Si sa fille pouvait venir y habiter aussi en entrant au New York City Ballet, ce serait parfait. Antoine aurait voulu convaincre Nivea de rester mais que pouvait-il lui offrir ? Elle avait couché avec lui dès qu'elle l'avait vu mais elle avait dit qu'elle ne se sentait pas prête à revivre avec un homme. Antoine l'avait conduite à Neuilly voir la célèbre maison Jaoul construite par Le Corbusier. Ils étaient allés à Versailles, au Musée de l'Homme et au buffet de la gare de Lyon. Leur idylle n'avait pas duré longtemps et chacun semblait s'être surtout intéressé au corps de l'autre. Un matin, elle avait commandé un taxi pour Orly. Antoine avait promis à Nivea de lui écrire et il avait ajouté qu'il penserait à elle tous les jours. Elle avait répondu qu'elle n'en demandait pas tant. Après avoir réintégré New York où elle occupait, presque à l'angle de Bowery et d'East Houston Street, deux pièces au dernier étage d'un building en fonte et en briques loué par une communauté de peintres, de graphistes et de musiciens, elle avait cru qu'elle était enceinte. Son gynécologue l'avait rassurée en expliquant que le retard des règles était dû au décalage horaire et à la nervosité.

Antoine avait traîné dans l'aéroport d'Orly, feuilletant des magazines, observant des gens. Il était rentré avec le bus jusqu'aux Invalides et avait eu envie de marcher. Il était descendu le long des berges de la Seine où, fermant les yeux et respirant l'odeur de l'eau, il avait essayé de se convaincre qu'il se trouvait au bord de l'Hudson River avec la 42ᵉ Rue derrière lui. Il avait pris le métro à Palais-Royal et était rentré chez lui où il avait été heureux de retrouver Agnès. Huit jours avant, il lui avait annoncé qu'il partait faire des repérages avec un assistant pour préparer une émission sur l'architecture romane. Il avait inventé un itinéraire en Bourgogne et en Provence, en passant par Tournus. Agnès l'avait accueilli en lui faisant remarquer qu'elle avait été inquiète et qu'il aurait pu penser à téléphoner. Elle avait accusé leurs karmas respectifs. Il n'avait menti qu'à moitié en disant qu'il avait tout le temps eu des horaires bizarres. Le soir, Agnès l'avait entraîné à la cinémathèque voir un film japonais, une histoire de moines zen. Il avait voulu sortir avant la fin, n'ayant pas dormi la nuit précédente.

Au lit, en caressant Agnès, il avait laissé échapper qu'il la trouvait amaigrie. Comme elle s'étonnait, il avait insisté, se mettant à la palper plus qu'à la caresser. Le lendemain, elle s'était regardée dans la glace et elle avait accusé Antoine de manquer de délicatesse. En y repensant, elle était arrivée à la conclusion qu'il avait dû coucher avec une femme qui avait plus de poitrine et de fesses qu'elle. On pouvait être bouddhiste et jalouse. Antoine lui avait parlé de Nivea. Agnès s'était efforcée de rester calme et de faire la part des choses, tenant à deviner si cette liaison, que la géographie rendait passagère, menaçait ou non leur couple. Antoine, lui, avait besoin qu'Agnès soit témoin, ou plutôt complice, de tout ce qui lui arrivait et surtout de ses histoires d'amour, puisque ce qu'on a vécu, pensait-il, tant qu'on ne le raconte pas, n'a guère de consistance. Nivea s'était mise à exister davantage pour lui à partir du moment où Agnès avait appris qu'elle existait. Agnès s'était bornée à dire qu'elle enviait cette femme mère à trente-sept ans d'une adolescente qui en aurait bientôt dix-huit, et qu'elle avait eu bien de la chance de débarquer à Paris et de tomber sur un garçon comme Antoine, qui savait être prévenant quand il le voulait. Le soir,

Antoine avait découvert sous son oreiller une boîte de crème Nivéa. Agnès l'avait prié de croire qu'elle n'était pas du tout de bonne humeur.

Antoine avait repéré, au deuxième étage de la Maison de la Radio, un téléphone qui donnait accès à l'automatique international. Il avait parlé gratuitement avec Nivea presque chaque jour. Elle allait bien. On avait dit à Noêmia qu'il n'y avait pas de place en ce moment dans la compagnie de Balanchine mais qu'elle serait engagée pour la saison suivante. Entre-temps, elle bénéficiait d'une bourse. Son contrat à Salt Lake City serait bientôt terminé et elle viendrait alors s'installer à Manhattan ou plus vraisemblablement à Brooklyn où les loyers étaient moins chers. Antoine aurait préféré que Nivea lui donne des détails sur sa vie à elle plutôt que sur celle de Noêmia qu'il n'avait jamais rencontrée, mais puisque Nivea ne s'intéressait apparemment qu'à sa fille, il s'était documenté sur l'idole de celle-ci, George Balanchine, né à Saint-Pétersbourg en 1904, naturalisé américain, et il avait cité dans ses lettres, mine de rien, les titres des principales œuvres inscrites au répertoire du New York City Ballet. La troupe était venue à Paris au Théâtre des Champs-Elysées l'année d'avant et il s'était mordu les doigts de ne pas s'être passionné pour la danse un an plus tôt. De temps en temps, il demandait à Nivea si elle se souvenait de leur séjour au Ceramic Hotel et elle avait presque l'air étonnée qu'il en reparle. Il s'était creusé la tête pour trouver des sujets d'émissions qui puissent se tourner à New York, par exemple filmer n'importe quel ballet de Balanchine. On l'avait prévenu qu'il se heurterait à d'insurmontables problèmes de droits d'auteurs et de syndicats et il avait ensuite appris qu'un producteur allemand était déjà sur le coup. Quand il avait dit à Nivea qu'il envisageait de la rejoindre, elle ne s'était pas montrée vraiment enthousiaste. Antoine lui avait même annoncé qu'il avait fait une réservation sur un 747 et qu'il arriverait le lendemain en fin de journée à l'aéroport Kennedy. Ce n'était pas vrai mais il avait voulu voir comment elle réagirait et il avait déguisé à grand-peine son anxiété sous une voix joyeuse qui sonnait faux, troublé aussi par le retour en écho dans l'écouteur de ses propres mots pendant toute la communication. A l'autre bout du fil, Nivea s'était affolée ou plus exactement elle avait dit à Antoine qu'il était fou, qu'il valait mieux attendre, qu'elle serait très occupée pendant les semaines à venir et qu'elle ne voulait pas qu'il gâche ou en tout cas compromette par un coup de tête le plaisir qu'ils éprouveraient certainement un jour à se retrouver avec devant eux tout le temps de s'embrasser et de se promener. Antoine en avait déduit qu'elle vivait avec un autre homme, même si c'était toujours elle qui répondait au téléphone. Il aurait dû aborder cette question délicate tant qu'elle était encore à Paris, mais il n'avait pas osé, craignant de l'agacer ou de paraître possessif, elle-même n'ayant jamais pris la peine de lui demander s'il était libre ou non. En fait, il avait surtout eu peur d'apprendre la vérité. Il était prêt à tout abandonner pour elle. Il avait cru comprendre qu'elle avait l'habitude d'avoir plusieurs hommes à la fois dans sa vie et que c'était pour elle une ligne de conduite, mais en y réfléchissant il s'était aperçu que c'était une simple construction de son esprit. Nivea s'était bornée à lui parler des villes où elle avait vécu, Rio de Janeiro, Recife, Los Angeles, Santa Fe, New York, des voyages qu'elle avait faits dans son pays natal grand comme seize fois la France, des plages où elle s'était baignée, et Antoine s'était mis en tête de lui attribuer un nombre d'amants proportionnel à ses changements d'adresse. Il savait d'autre part qu'elle avait vécu seule pendant au moins un an et demi après s'être séparée du père de sa fille, mais elle n'avait même pas vingt ans à ce moment-là et peut-être voulait-elle maintenant se rattraper avant d'en avoir quarante, ce qui était bien son droit. La seule chose qu'Antoine espérait, c'était de ne pas avoir à découvrir que Nivea appartenait à cette catégorie de femmes qui ne tiennent pas à aimer mais à être aimées. Il avait appris cela en lisant des livres de psychanalyse qu'il aurait mieux fait de ne jamais ouvrir puisqu'à présent cette possibilité le tourmentait. Ces femmes inspiraient de grandes passions, faisaient des ravages et n'aimaient qu'elles-mêmes avec une force accrue encore par celle avec laquelle on les aimait.

Antoine ne possédait qu'une petite photo en couleurs de Nivea. Presque à chaque coup de téléphone, il lui en avait demandé d'autres. Il trouvait agréable de se servir, pour les besoins de sa vie privée, d'un téléphone dont la note serait payée par l'ensemble des téléspectateurs du pays. Nivea avait promis d'envoyer plein de photos mais elle ne l'avait jamais fait. Elle avait même parlé d'une photo bien précise qui, elle en était sûre, plairait beaucoup à Antoine. La façon dont elle avait alors ri (son rire, lui avait écrit Antoine, évoquait le son moelleux d'une flûte de bambou) n'avait pas laissé de doute sur ce que serait cette photo. Antoine avait fait en vain le siège de la poste restante. La seule photo qu'il possédait, celle que Nivea avait sortie de son sac pour la lui donner à la dernière minute à Orly, s'abîmait à force d'être triturée, changée de place, cachée dans des carnets et des livres, promenée dans toutes les poches de ses vestons.

A la télévision, on le considérait comme un fou parce qu'il arrivait en retard aux rendez-vous et aggravait ce retard en plaisantant avec des secrétaires ou des assistantes, parce qu'il parlait de plus en plus vite en bégayant de façon incompréhensible, parce qu'il débarquait un jour avec un projet et le lendemain avec un autre, parce qu'il exigeait des horaires de montage qui ne correspondaient pas avec ceux du planning, parce qu'il interrompait des réunions de production pour réserver par téléphone une place d'avion pour New York et qu'il retéléphonait devant tout le monde, une heure après, pour annuler. Ce qu'on lui pardonnait le moins, c'était de téléphoner aux producteurs chez eux. Ils ne supportaient pas qu'on les dérange en dehors des heures de bureaux, surtout quand Antoine les tirait du lit pour leur annoncer qu'il venait de changer d'avis et qu'il fallait modifier le plan de travail. Il ne le faisait pas exprès mais ses meilleures idées lui arrivaient le soir et il voulait tout chambouler sans attendre. A Augsbourg, où on l'avait envoyé filmer la cathédrale, il avait découvert dans une librairie une plaquette intitulée *Ulrike,* court récit de Carl Sternheim, un écrivain allemand dont il n'avait jamais entendu parler. Il s'était fait raconter la vie de Sternheim qui avait vécu dans plus de quarante maisons différentes, souvent des châteaux, sans compter des séjours dans des hôpitaux plus ou moins psychiatriques. Il avait été un des écrivains les plus riches de l'histoire de la littérature, pas à cause de ses livres mais à cause d'une de ses femmes, et il avait acheté des tableaux de Van Gogh avant la Grande Guerre. Ayant reçu un prix littéraire important, il avait demandé que le montant en soit versé à l'auteur à qui on l'avait préféré, Franz Kafka. Quand il avait acheté une maison au bord du lac de Constance, sur la rive suisse, il avait passé avec les autorités du village un contrat stipulant qu'il était interdit de faire du bruit autour de chez lui, proscrivant entre autres l'élevage de volaille et les cloches au cou des vaches. Il avait longtemps vécu en Belgique où il était mort en 1942 d'une broncho-pneumonie après avoir souffert aussi de complications dues à la syphilis. Depuis le début de la guerre, il dormait seize heures par jour et s'en montrait ravi. Son fils aîné avait été décapité pour avoir injurié Hitler et un autre fils s'était suicidé au Mexique. C'était surtout un auteur dramatique et les amis allemands d'Antoine n'avaient pas l'air de faire grand cas d'*Ulrike* mais Antoine avait quand même envoyé un télégramme à Paris pour annoncer qu'il souhaitait adapter cette nouvelle. Il avait tout de suite pensé qu'il pourrait faire interpréter le rôle féminin principal par Nivea. Ce n'était qu'après avoir donné le texte de son télégramme au concierge de l'hôtel qu'il s'était fait résumer le récit de Sternheim, et il s'était aperçu que ça n'allait pas du tout. Le plus drôle avait été qu'en rentrant à Paris il avait trouvé une lettre l'invitant à développer en dix pages le projet « Ulrike ». Il avait d'abord songé à écrire lui-même un scénario original en conservant le titre et puis il avait laissé tomber. Il avait attendu qu'on le relance mais un projet qui n'aboutissait pas était autant de travail en moins pour des fonctionnaires qui toucheraient quoi qu'il arrive la même somme à la fin du mois. On l'avait donc laissé tranquille et il s'était consacré au montage de l'émission sur la cathédrale romane et gothique d'Augsbourg. Ce n'avait pas été simple. Il avait la tête ailleurs et quand il arrivait dans la salle de montage, il n'enlevait pas son manteau et essayait de se convaincre qu'il était de passage. Dans la salle minuscule, poussiéreuse et sans fenêtre, la monteuse s'aspergeait d'un parfum qu'elle devait trouver enivrant. Il enrageait de devoir se concentrer sur les bas-reliefs d'une porte en bronze du XIe siècle. Cette rage lui avait fait faire des merveilles. On lui avait accordé trois semaines de montage et, quelques jours avant la fin, il avait enlevé les collures de tous les plans déjà montés, ramené l'émission à vingt-cinq minutes alors qu'on lui en demandait quarante et modifié la bande sonore à un tel point qu'avec les mêmes images, il avait traité un autre sujet. Il avait dû se démener comme un diable pour obtenir rapidement des bruits de circulation automobile, des sonneries, décrochages et raccrochages de téléphones, un décollage d'avion. Ensuite il avait demandé deux heures d'auditorium pour enregistrer du texte qui n'était autre que les deux ou trois lettres qu'il avait reçues de Nivea, et des bribes de conversations téléphoniques imaginaires. Antoine avait, sur des plans documentaires, suggéré une histoire d'amour entre un étudiant d'architecture qui visite la cathédrale d'Augsbourg et une femme qu'il aime et qui vit à Manhattan. Il avait scandalisé la monteuse et avait fini par lui dire de partir au diable, elle et son patchouli. Elle arrivait à neuf heures du matin et se tournait les pouces jusqu'à midi et demi puis partait déjeuner, moment que guettait Antoine pour entrer dans la salle et monter lui-même les bandes son. La projection de contrôle prévue juste avant le mixage avait été orageuse. Le principal responsable qu'Antoine n'avait rencontré qu'une ou deux fois et qui faisait mine de ne pas le reconnaître quand ils se croisaient dans un couloir ou se trouvaient dans le même ascenseur, avait préféré ne pas se montrer afin de ne pas avoir à donner son avis sur les modifications de dernière minute qu'on lui avait dépeintes comme catastrophiques. Il avait envoyé quatre autres personnes à sa place, dont sa secrétaire qui n'avait rien à faire là. Elle haïssait Antoine depuis qu'il avait déchiré devant elle un contrat qu'elle venait de taper à la machine. Arrivée la première, elle avait tout de suite pris des notes dans un grand cahier quadrillé en regardant sans cesse sa montre et en allumant une lampe de travail dont Antoine était allé en douce débrancher la prise. Les trois autres, en complet veston, avaient bavardé et donné à tour de rôle des coups de téléphone pour signaler le numéro du poste où ils se trouvaient, si bien que le téléphone n'avait pas cessé de sonner pendant la projection.

Antoine, qui s'était réconcilié le matin même avec la monteuse après l'avoir trouvée en larmes en arrivant, s'était réfugié avec elle dans la cabine où ils avaient aidé le projectionniste à charger les bobines. Il n'y avait pas eu assez de machines pour toutes les bandes son et Antoine avait laissé dans leurs boîtes les différentes musiques, censées rendre l'image plus séduisante. Il préférait entendre les nombreux effets et les commentaires afin de vérifier s'ils étaient correctement calés. Il l'avait brièvement expliqué à ses juges qui avaient dit qu'ils avaient l'habitude de visionner des copies de travail mais qui avaient regretté ensuite qu'il n'y ait pas de musique dans l'émission. La monteuse avait commencé à leur expliquer qu'on entendrait pendant le générique une musique médiévale de Wolfram von Eschenbach, une musique très rythmée, très prenante. Antoine, surpris qu'elle ait retenu le nom du musicien et touché de se voir défendu, l'avait interrompue en tendant au producteur, sans rien dire, une feuille de papier qu'il avait sortie de sa poche et sur laquelle il avait inscrit les titres des musiques utilisées, et leurs durées. Il y avait quelques mesures de *L'Art de la fugue,* du Marino Marini, *Pretty Woman* et pour finir, une chanson brésilienne de João Gilberto. La secrétaire avait recopié la liste en se faisant épeler le nom de Roy Orbison. Elle avait exigé qu'on lui remette le plus rapidement possible les références des disques, pendant que les trois autres s'étaient éloignés pour discuter à voix basse et partir en se défilant. Antoine avait invité la monteuse à déjeuner. Ils avaient pris un taxi et s'étaient fait conduire dans les Halles.

La monteuse, qui s'appelait Marie Dunoyer, avait une montre avec un boîtier en argent massif qu'Antoine n'avait jamais remarquée. Elle portait des collants sombres et des sandales plates vernies. Malgré le froid, elle avait baissé la vitre pour sentir le vent sur son front et se calmer, avait-elle dit, après cette projection qui l'avait ébranlée nerveusement. Au passage, elle avait montré à Antoine le groupe de chevaux sculptés sur le toit du Grand Palais : à chaque saison, à chaque changement de lumière, ils devenaient différents. Elle aimait Paris à cause de la lumière, elle aimait les villes traversées par un fleuve.

Antoine lui avait demandé qui étaient les peintres qu'elle préférait, et puis, ayant vu qu'il observait ses jambes et ses chaussures, elle avait dit qu'elle possédait plusieurs paires d'escarpins fins et très cambrés mais elle trouvait que les sandales étaient plus pratiques pour travailler. Antoine n'avait pas osé lui parler de l'émission et elle avait abordé le sujet elle-même. Elle lui avait donné d'excellents conseils et il avait avoué qu'il croyait qu'elle détestait ce qu'il faisait, à quoi elle avait répondu avec un sourire que c'était plutôt lui qui la détestait elle. Antoine s'était rendu compte qu'il ne l'avait jamais vraiment regardée. Elle avait des cheveux châtain clair, des yeux bruns et un regard qu'il trouva très expressif. Il lui avait demandé le nom du parfum qu'elle mettait. Elle l'avait acheté à Londres, à Chelsea, et du coup Antoine avait révisé son jugement et il avait demandé à Marie de bien vouloir le lui faire sentir. Elle avait sorti le flacon de son sac. Au même moment on leur avait servi leurs côtes d'agneau. Antoine s'était levé et éloigné de la table pour respirer l'odeur qui l'avait troublé. Il aurait volontiers gardé le flacon dans sa poche et ne l'avait rendu qu'à regret.

Marie s'intéressait aux livres d'histoire et elle était en train d'en lire un sur l'empire mongol. Elle avait raconté à Antoine les conquêtes de Gengis Khan et de ses fils, amateurs de chevaux et de vitesse. Ils étaient allés plus loin que Moscou et avaient menacé Vienne. Elle avait aussi parlé de Koubilaï Khan, de Karakorum, des chamans qui prédisaient l'avenir en observant les omoplates des moutons grillés.

Ensuite Marie avait pris un sorbet à la framboise qu'ils avaient fini ensemble avec la même cuiller. Ils avaient bu du beaujolais et ils avaient réintégré la salle de montage de très bonne humeur, vers quatre heures moins le quart. Antoine avait trouvé une note de service lui enjoignant de revenir à la durée de quarante minutes initialement prévue. Un post-scriptum émettait des réserves sur la possibilité de diffuser une émission témoignant de dons artistiques indéniables mais beaucoup trop personnelle pour intéresser une vaste audience. On espérait que l'œuvre circulerait dans des festivals et on acceptait de prolonger le montage d'une semaine afin que le réalisateur ait le temps d'apporter à son travail les rectifications requises.

Antoine avait téléphoné à Nivea qui lui avait conseillé de ne pas faire de scandale et d'essayer plutôt d'améliorer et de développer ce qui existait déjà. Il avait dit qu'il s'agissait d'une lettre d'amour qu'il lui adressait par images et sons interposés et elle avait failli le vexer en répondant qu'elle aimait mieux recevoir son courrier par la poste. Il l'avait traitée de pragmatiste et le jour même il lui avait envoyé une enveloppe pleine de chutes de pellicule 16 mm sur lesquelles il avait tracé au crayon gras les mots d'amour qu'il connaissait en portugais.

Il avait travaillé jour et nuit et avait réussi à introduire une sorte de suspense dans l'émission qui commençait maintenant comme un documentaire classique, ou plutôt comme une parodie de documentaire, pour se désorganiser peu à peu, abandonnant l'exploration de la cathédrale pour rappeler l'histoire de la ville d'Augsbourg, évoquant Rodolphe de Habsbourg, Charles Quint, les Electeurs germaniques, la Réforme, les maisons ouvrières construites au début du XVIe siècle par les banquiers Fugger et la guerre de Trente Ans. Antoine avait ensuite fait « déraper », comme avait dit Marie, l'émission avec des plans de l'Augsbourg moderne, des rues, des hôtels, des visages de promeneurs. On entendait *Pretty Woman,* et l'histoire d'amour prenait le pas sur le reste. Antoine espérait que les spectateurs, au lieu d'être informés d'une histoire d'amour qui leur restait étrangère dans la première version, auraient le sentiment d'en vivre une eux-mêmes. Le dernier soir, il avait quand même dit à Marie que tout cela n'était qu'un pis-aller. Ils avaient quitté la salle à trois heures du matin, Antoine se félicitant une fois de plus d'avoir insisté pour qu'on lui loue cette salle en dehors des locaux de la télévision où on est prié de créer à heure fixe. Il avait supplié Marie de ne pas le laisser seul, expliquant que s'il rentrait chez lui il trouverait sa compagne endormie et serait encore plus démoralisé. Marie l'aurait bien invité à venir chez elle finir une bouteille de whisky mais là aussi il y avait quelqu'un qui dormait. Elle avait eu du mal à faire démarrer sa voiture et ils avaient commencé par chercher de l'essence. Après, ils avaient bu des téquilas jusqu'à l'aube dans un bar près des Champs-Elysées, à moitié engourdis, s'endormant l'un contre l'autre. Ils avaient envisagé de prendre une chambre d'hôtel mais Marie avait dit qu'il valait mieux attendre.

Antoine s'était réveillé dans l'après-midi sans savoir si c'était samedi ou dimanche. Agnès était rentrée vers six heures et lui avait dit qu'il avait ronflé et que leur chambre empestait l'alcool. Elle était ressortie faire des courses et Antoine avait essayé d'appeler Marie pour lui dire qu'il pensait à elle mais son téléphone avait sonné occupé sans arrêt. Elle avait dû décrocher pour qu'on la laisse dormir. Au moins pourrait-il lui prouver qu'il avait tenté de l'appeler. Il avait mal au crâne et le touchait prudemment comme s'il s'attendait à le trouver fendu. Il s'était aspergé le front d'eau froide et massé la nuque avec un gant de crin. Le bruit de ses propres pas sur le parquet lui était insupportable. Il avait enlevé ses souliers en pensant qu'il avait eu de la chance que Marie n'ait pas décroché : Agnès était revenue très vite et il aurait été gêné de continuer à parler à l'une devant l'autre.

Quand Agnès lui avait dit qu'elle comptait faire du foie à la vénitienne, il s'était rappelé qu'ils avaient invité des gens qui arriveraient d'un moment à l'autre. Il s'était tout de suite servi à boire, essayant de traiter le mal par le mal. Il aurait aimé boire de la téquila et retrouver le goût de la bouche de la monteuse qui avait de très petites lèvres qu'elle arrondissait en embrassant. Il préférait les lèvres charnues de Nivea et aussi celles d'Agnès qui avait une large bouche parfaitement dessinée. La soirée avait été agréable. Agnès avait mis un chemisier à petits carreaux et à manches courtes. Elle avait fait rire tout le monde en racontant qu'Antoine se saoulait dans des bars et rentrait à sept heures du matin en n'ayant même plus la force de se déshabiller et de se mettre au lit. Elle avait aussi raconté qu'en début de semaine, au lieu de suivre le programme, elle avait donné à ses élèves un cours sur Saint-Simon, leur lisant le portrait du duc de Vendôme. Le duc de Vendôme dormait avec des chiens et des chiennes dans son lit, Saint-Simon précisant que les chiennes accouchaient à ses côtés. Il recevait sur sa chaise percée, se faisant faire la barbe et vomissant dans le même bassin, et il s'était torché le cul devant un évêque envoyé par le duc de Parme. L'évêque ayant refusé de poursuivre sa mission, un courtisan italien, un certain Alberoni, lui avait succédé. M. de Vendôme l'avait reçu sur la même chaise percée et s'était torché le cul devant lui comme d'habitude. Alors Alberoni, qui tenait à réussir ce que l'évêque avait refusé de mener à bien, s'était précipité pour baiser les fesses du duc de Vendôme en s'écriant : « *O culo de angelo !* », phrase avec laquelle Agnès avait obtenu un beau succès auprès des lycéens. Elle leur avait aussi raconté, toujours d'après Saint-Simon, que Louis XIV s'amusait à mettre des cheveux dans le beurre. Agnès voyait là un bel exemple des négativités auxquelles la pratique et la compassion du Guru Précieux permettent d'échapper.

Après le dessert, comme il ne restait plus de whisky, Antoine avait ouvert coup sur coup deux bouteilles de champagne censées être bues en une occasion plus faste. C'était du Veuve Clicquot avec l'étiquette « Carte d'Or » portant le millésime 1970, cadeau des parents d'Agnès. Les invités avaient parlé de ce qu'il faut dire et ne pas dire aux enfants, pour conclure qu'il fallait tout leur dire. Ils avaient aussi parlé de la pollution, d'Israël et de ces deux jeunes Françaises qui croyaient partir pour l'Arabie Heureuse et qui venaient d'être assassinées, au nom du Prophète, en même temps que le président du Yémen du Nord avec qui elles batifolaient au bord d'une piscine dans une villa en pleine montagne. On les avait lapidées et fouettées à mort avant de procéder sur leurs cadavres, avec le couteau rituel, à l'excision des clitoris. « Quelle horreur ! » avait dit Agnès qui avait moins bu que les autres. Elle avait ajouté que tout est dukkha ou souffrance. Antoine eut peur qu'Agnès ne se lance dans un éloge du bouddhisme et il répondit méchamment que les deux jeunes filles avaient sans doute mérité leur sort à cause d'actes répréhensibles commis dans une de leurs vies antérieures. Il songeait avec ennui qu'une fois les invités partis Agnès allumerait des bâtons d'encens et méditerait devant son autel, un tabouret recouvert d'un tissu orange où séchaient des mandarines et des pommes qui étaient des offrandes au Mahaguru.

Le lundi matin, Antoine était arrivé le premier à la salle de montage. Il avait hâte de revoir Marie qui avait été surprise de le trouver déjà là. Ils avaient hésité un moment avant de s'embrasser. Ils savaient qu'ils feraient l'amour un de ces jours et que leur histoire n'irait pas plus loin. Ils avaient transporté les bobines de film dans le coffre de la voiture de Marie et ils étaient partis pour les Buttes-Chaumont où ils avaient mixé toute la journée.

L'émission, qui s'intitulait *Hommage à une cathédrale*, n'avait jamais été programmée. On l'avait projetée un an plus tard devant des étudiants en architecture qui s'étaient ennuyés. Antoine aurait voulu la montrer à Nivea.

CHAPITRE 5

Antoine avait réussi à se faire confier, le mois suivant, la réalisation de deux émissions de fiction. Son expérience de professeur de français lui avait servi. On cherchait à adapter des textes très courts de grands écrivains tombés dans le domaine public. Il avait apporté à la production des nouvelles de Villiers de l'Isle-Adam, de Gobineau, de Balzac, de Maupassant. Il souhaitait adapter *Le Portrait ovale* d'Edgar Poe. Le décor aurait coûté trop cher. On lui avait finalement commandé *Un cas de divorce*, d'après Maupassant, et *Vengeance d'artiste*, d'après un texte peu connu de Balzac. Il photocopia les deux nouvelles et les envoya à Nivea. Elle lisait couramment le français qu'elle avait appris à Rio. *Un cas de divorce* rapportait la plaidoirie d'un avocat qui défendait sa cliente en donnant lecture d'extraits du journal intime du mari. Antoine décida de cadrer uniquement le visage de l'avocat. On verrait en contrechamp les pages du cahier dans lequel le mari, de plus en plus fou, avait griffonné ses notes. Antoine comptait interrompre la plaidoirie et montrer les serres où le mari cultivait des orchidées qu'il préférait à sa femme. On reviendrait sur le visage de l'avocat et à la fin on découvrirait, dans la salle, le visage de la femme. Antoine s'était contenté d'indiquer dans son scénario : « Ce sera le gros plan extraordinaire d'un visage inoubliable. » L'émission devait durer un quart d'heure. Il fallait trouver un acteur et le choisir en fonction de sa voix. Il fallait trouver une actrice qui accepte de ne tourner qu'un seul plan de trente ou quarante secondes. Nivea aurait été parfaite dans ce rôle mais Antoine n'osait pas lui demander de traverser l'Atlantique pour une heure ou deux de travail. Il tourna l'émission en quatre jours, la monta en deux semaines et elle fut programmée aussitôt. C'était une réussite. On l'avait félicité d'avoir osé être simple. Les cadrages étaient rigoureux et les acteurs bien dirigés. Tout le monde avait trouvé le plan de la fin stupéfiant.

Pour le flash-back dans les serres, Antoine avait demandé conseil à sa mère qui se passionnait depuis toujours pour la botanique et la biologie végétale. Au début de son mariage, en Bretagne, elle avait étudié les algues et fait bouillir du varech brun pour le voir verdir. Elle avait dit à Antoine qu'on trouvait dans les mers froides des algues géantes atteignant deux cents mètres de long et qu'il existait aussi des algues sucrées. Pour l'émission, Antoine lui avait demandé de choisir des orchidées. Elle lui avait appris qu'il y a dix-sept mille espèces d'orchidées et que la vanille, par exemple, est une orchidée dont la fleur reste stérile tant qu'elle n'est pas pollinisée par un être vivant. A Madagascar ou à La Réunion, les vanilles cultivées étaient pollinisées une à une, par des enfants qui se servaient d'une aiguille de bambou et qui pollinisaient jusqu'à trois mille fleurs par jour. Il fallait faire vite car la fleur de la vanille ne s'ouvre que pendant quelques heures. L'assistant qui avait pris la mère d'Antoine dans sa voiture pour lui faire faire le tour d'une série de fleuristes et d'horticulteurs à Paris et en banlieue était revenu fourbu et enchanté. Poussé par la mère d'Antoine, il s'était ruiné en plantes vertes.

Vengeance d'artiste fut le contraire d'*Un cas de divorce*. Le scénario devait être filmé en plans larges avec beaucoup de costumes et dans plusieurs décors. Antoine avait pensé tourner des images muettes et ajouter ensuite les phrases de Balzac lues en voix off. Il voulait qu'on songe à des projections de lanterne magique. Comme sa première émission avait plu, on accepta d'augmenter le budget de décoration. L'histoire était celle de David, un jeune artiste pauvre et célèbre qui s'éprend de Clara de Montbrun, idole de la mode et reine des salons. L'artiste la surprenait en train de flirter avec un vicomte anglais à qui elle disait, parlant de lui : « Il m'amuse. » Il payait alors une prostituée pour qu'elle injurie l'infidèle. Il jetait de l'argent sur une table : « Dites que vous méprisez Clara de Montbrun, en l'invectivant de vos plus sales injures. » Nivea avait écrit à Antoine qu'elle trouvait le sujet démodé. Elle n'aimait pas les histoires où il y a des comtesses et des vicomtes. James Joyce non plus : après avoir rencontré Proust, il avait dit que Proust l'avait ennuyé avec des histoires de duchesses dont il aurait préféré rencontrer les femmes de chambre. Nivea, à qui Antoine avait écrit cette histoire, avait répondu que Joyce lui était devenu très sympathique et qu'elle allait se mettre à le lire. Au téléphone, elle avait demandé à Antoine pourquoi il n'interprétait pas lui-même le rôle de l'artiste. Elle y avait pensé à cause de la phrase : « Il marcha longtemps dans les rues sombres, sales et désertes. »

La comédienne qui jouait le rôle de Clara de Montbrun avait demandé à Antoine, au moment où il s'y attendait le moins, pendant une projection de rushes, s'il avait envie de faire l'amour avec elle. Elle n'avait pas voulu qu'ils passent une deuxième nuit ensemble. Elle ne désirait pas avoir la réputation de l'actrice qui couche avec ses metteurs en scène.

Le montage s'était mal passé. Antoine supportait de moins en moins l'absence de Nivea. Elle était rentrée à New York depuis sept mois et il continuait de s'endormir en pensant à elle. Il avait eu envie de relouer la chambre d'hôtel où ils avaient dormi tous les deux. Il avait mis à part les disques qui le faisaient penser à elle. Elle lui avait écrit qu'elle écoutait du Tchaïkovski. Il aurait préféré passer des soirées à n'écouter que l'Allegretto de la Septième Symphonie de Beethoven. C'était une musique déprimante et Antoine était déprimé. Il s'intéressa à Tchaïkovski parce qu'il était amoureux de Nivea tandis qu'elle aimait cette musique parce que sa fille dansait en l'écoutant.

Antoine n'arrivait plus à se concentrer. Le montage n'avançait pas. Il avait demandé des heures supplémentaires qu'on lui avait refusées en lui rappelant qu'il y avait déjà eu un dépassement dans les prévisions de pellicule et dans la location du matériel. Il avait été contraint d'organiser la projection d'un bout à bout. Il détestait montrer son travail en cours de route puisqu'il tâtonnait jusqu'au dernier moment. Il faisait et défaisait son film chaque jour. Après la projection, on lui avait accordé deux semaines de plus. Ses images étaient superbes. Il avait collaboré avec un jeune directeur de la photo qui avait pris des risques en éclairant davantage les fonds que les personnages. Antoine aurait voulu que ce film d'un quart d'heure ressemble à un rêve, mais c'était lui qui vivait dans un rêve.

Il ne pouvait pas passer devant un bureau de tabac sans entrer pour acheter une carte postale et un timbre. Il écrivait la carte en l'appuyant contre la vitre du café et la postait à Nivea. Le texte voulait toujours dire la même chose : tel jour à telle heure et tel endroit, il était en train de penser à elle. Elle aimait les pistaches et il lui en envoyait des boîtes par la poste.

Il avait des aventures à gauche et à droite qui l'attristaient. Il disait à ces femmes des mots d'amour qu'il n'aurait voulu dire qu'à Nivea. Dans son esprit, c'était à Nivea qu'il s'adressait. Ses compagnes d'une nuit se demandaient ce qui lui prenait, ne comprenant pas pourquoi il leur faisait de telles déclarations au bout d'une heure. Il se sentait ridicule. L'envie de faire l'amour avec Nivea le rendait plus nerveux que jamais. Il n'avait aucune envie de travailler. Il termina tant bien que mal *Vengeance d'artiste*. Un journal publia une note de quelques lignes où on le traitait de Visconti du pauvre. Il avait plutôt pensé à Fritz Lang.

Avec Agnès, c'était la fin. Elle acceptait qu'Antoine soit amoureux d'une autre femme. Ses prosternations lui prenaient tout son temps. Antoine la soupçonnait de s'initier à l'amour tantrique en compagnie du Vichnou qu'elle avait un jour ramené à la maison. Ils ne dormaient plus ensemble, Antoine ayant installé un matelas par terre dans sa pièce. Il avait dit à Nivea qu'elle pouvait lui téléphoner chez lui. Elle l'avait fait une fois et depuis, dès qu'il entendait la sonnerie, Antoine se précipitait. C'était souvent Catherine à qui il n'aurait jamais dû se confier.

Agnès et lui se disputèrent une dernière fois avant de se quitter, quand Antoine acheta un réfrigérateur qui valait plus d'un million d'anciens francs. C'était un Hotpoint : « Le froid made in U.S.A. » Il avait acheté le modèle le plus prestigieux de la gamme, d'une capacité de 620 litres, avec un distributeur d'eau glacée et une réserve de glace qui fabriquait automatiquement plus de deux cents glaçons qu'on pouvait prendre en faisant basculer un tiroir extérieur.

Sorti du magasin, Antoine s'était dit qu'il avait perdu la tête. Quand il ne travaillait pas, il aimait errer dans toutes sortes de magasins. Ce jour-là, il avait des billets de banque plein les poches. Il avait appris le matin même que deux millions venaient d'être versés à son compte de la Société des Auteurs, représentant ses droits après le passage à la télévision d'une dramatique qu'il avait écrite et réalisée l'année d'avant. Il avait couru à la Société des Auteurs en rendant grâce à son fondateur Beaumarchais dont il irait acheter les œuvres complètes : c'était la moindre des choses. Le caissier lui avait remis un chèque qu'il avait touché dans une banque de la rue de Clichy. Il avait emporté ses millions. Son premier réflexe avait été de retourner à la banque, de tout changer en dollars et de partir séance tenante pour New York. Il n'avait pas osé prendre cette décision et il avait acheté un Hotpoint. Le Hotpoint n'entrait pas dans la cuisine et il l'avait mis dans sa chambre. Aristote prétendait qu'il n'y a pas d'amitié possible avec les choses inanimées. Agnès, championne de la compassion, ajoutait que tout est illusion. On verrait bien. Antoine avait répondu en citant la Bible. Vanité des vanités, tout est vanité. Il allait montrer qu'il n'avait pas été élevé pour rien par les Jésuites. L'homme s'en va comme il est venu et à quoi lui sert d'avoir travaillé pour du vent ? Mieux vaut le jour de la mort que celui de la naissance. Adolescent, Antoine adorait se répéter cette phrase qui lui donnait l'impression d'être plus vieux que son âge. Au cours de religion, il tenait à avoir l'air plus affranchi que ses camarades qui se contentaient du Sermon des Béatitudes.

Le père d'Agnès lui avait demandé rendez-vous. Le comportement de sa fille l'inquiétait et il craignait qu'elle ne devienne la victime d'une secte. Il redoutait pour elle le sort de Sharon Tate. Quand il avait aperçu le Hotpoint, il avait demandé à Antoine s'il s'agissait d'un accessoire de cinéma. Il avait commencé par dire qu'il éprouvait des remords. Il avait été un père absent ayant toujours voyagé, surtout en Afrique où il avait des intérêts dans le fer et le manganèse. Il rapportait d'Abidjan ou du Gabon des produits de l'artisanat local qu'il distribuait même à ceux qui n'en voulaient pas. Agnès et Antoine les cachaient dans le placard. Antoine les avait tous ressortis et mélangés aux statues de Bouddha sur la cheminée. Le père d'Agnès reconnut qu'il avait raté son mariage. Il aurait compris qu'Antoine ait des maîtresses : il en avait lui-même. Antoine, qui avait envie de le mettre à la porte, avait fait semblant de se souvenir d'un rendez-vous urgent.

Agnès avait admis sans peine qu'Antoine loue un appartement pour lui tout seul. Il télégraphia sa nouvelle adresse à Nivea. N'y tenant plus, huit jours plus tard, il prit l'avion pour New York. Son idée était de ramener Nivea coûte que coûte à Paris. Il avait découvert qu'elle vivait avec un peintre plus jeune qu'elle. Elle le lui avait présenté. Antoine l'avait trouvé beaucoup plus beau que lui. Nivea avait proposé à Antoine de loger chez eux. Il avait passé une nuit atroce sur un canapé-lit à quelques mètres de Nivea qui dormait avec un autre. Le lendemain, elle s'était débrouillée pour se faire prêter un appartement près de Morningside Park où elle avait installé Antoine. Ils avaient dîné là et au moment où Antoine avait cru qu'elle s'apprêtait à partir, Nivea s'était mise au lit et lui avait dit de se dépêcher. Antoine avait prétendu que son voyage était payé par la télévision qui l'envoyait faire des repérages pour une émission sur les musées de New York. Ils en visitèrent quelques-uns. Nivea n'avait jamais reparlé de son peintre.

Antoine aurait voulu rencontrer la fille de Nivea qui aurait pu devenir une alliée. Elle dansait dans le Colorado. Une nuit il prit son courage à deux mains et dit à Nivea qu'il ne pouvait pas vivre sans elle et qu'il était venu la chercher. Elle s'était levée pour chercher des cigarettes dans la cuisine et elle avait allumé la télévision. Trois semaines plus tard, elle rejoignait Antoine à Paris. Elle débarquait avec onze kilos d'excédent de bagages.

Antoine aurait voulu lui montrer la France. Il lui avait dit qu'il avait souvent rêvé de prendre le petit déjeuner avec elle sous les platanes du cours Mirabeau à Aix-en-Provence, mais elle arrivait à un moment où il n'avait presque plus d'argent. Nivea ne voyait même pas où était le problème. Elle n'était pas inquiète. Ils allaient travailler tous les deux. Elle reprit contact avec ses amis brésiliens et on lui proposa de repeindre un appartement en étant payée au noir. Elle avait déjà fait ce genre de travail à New York. Un artisan venu sur le chantier où elle travaillait avait reconnu qu'il n'aurait pas fait mieux et il avait ajouté : « Pour une femme, c'est du beau boulot. »

Nivea avait demandé un acompte et elle avait invité Antoine au restaurant. Elle n'aimait pas l'homme pour qui elle allait travailler. Il se vantait d'être l'exportateur dans toute l'Europe d'une espèce de sécateur pour tuer la volaille. Il s'agissait d'une pince dont on introduit la lame tranchante dans le bec. Une seule pression suffisant à briser le cervelet, la mort était presque instantanée. L'homme avait regretté que le seul défaut de l'instrument soit de laisser passer le sang par le bec, ce qui ne plaisait pas aux gourmets. Nivea n'aurait pas à le revoir pendant qu'elle travaillerait. Il lui avait laissé les clés. Elle irait acheter les enduits et elle espérait qu'Antoine viendrait la voir.

Quand elle fut payée, elle alla chez Repetto où elle acheta deux collants qu'elle envoya à sa fille.

CHAPITRE 6

Affalé sur son lit, les yeux fixés sur une fissure du plafond, l'homme buvait avec une sorte d'acharnement au goulot de la bouteille de gin. Harassé, il n'était pas sorti de chez lui depuis deux jours et il n'avait changé de place qu'une fois pour aller chercher une autre bouteille dans la cuisine. Ensuite il s'était remis à contempler la fissure. Toutes les vingt minutes, il étendait le bras et appuyait sur un bouton du pick-up à retour automatique qui jouait inlassablement la même face d'un disque de Miles Davis, mais il n'entendait même plus la musique.

Une intuition lui fit regarder sa montre. Il était déjà cinq heures moins dix. La nuit tomberait bientôt. Il n'aurait pas besoin de se lever puisque les lumières étaient restées allumées. Dans une dizaine de minutes, il allait de nouveau être au supplice. Chaque jour, depuis une semaine, entre cinq heures et minuit, le téléphone sonnait tous les quarts d'heure. A chaque fois il n'entendait qu'une respiration douloureuse.

Ce ne fut qu'au bout de la dixième sonnerie qu'il

sursauta et prit conscience que le téléphone sonnait. Sans quitter la fissure des yeux, il décrocha. Il
ne se donna pas la peine de poser des questions
comme il l'avait fait les jours précédents. Il pressa
le combiné contre son oreille et attendit que l'autre,
qui haletait au bout du fil, se décide à raccrocher.

Il n'aurait jamais dû décrocher mais c'était plus
fort que lui. Il attendait ces coups de téléphone
avec impatience comme on attend que la fièvre
tombe quand on a la fièvre. Après minuit, les
appels cessaient et il était tranquille jusqu'au
lendemain. Il s'était mis à avoir besoin de ces coups
de téléphone. Rien d'autre ne se passait dans sa vie.
Confiné chez lui, il buvait, il attendait.

Il resta sur le lit à vider la bouteille de gin, le
regard toujours fixé sur la forme délicate et presque
élégante de la fissure.

Vers minuit dix, sachant qu'il ne se passerait
plus rien, il se décida à sortir. Il avait d'abord
hésité : si l'autre changeait tout à coup d'avis et
l'appelait à une heure du matin ? Il faisait très froid
et les rues étaient désertes dans cette partie de la
ville. Il n'avait rien avalé depuis la veille à part une
ou deux bouteilles de gin et la fumée de ses
cigarettes. Il finit par arriver à un carrefour où les
néons des bars lui firent retrouver son calme. Il
poussa la porte du *Nightwind* et se fraya un passage
à travers des couples qui s'embrassaient en titu-
bant. Il aperçut dans la salle un groupe de musiciens qu'il connaissait mais il évita leurs regards.
Le barman lui sourit. Il prit un tabouret et
commanda un gin et une assiette de chili. La
nourriture lui fit du bien et il commanda un autre

gin. Il n'était pas revenu dans cette boîte depuis la nuit où sa femme l'avait quitté, donc depuis sept mois. Elle était partie sans prévenir. Il était rentré à la maison comme d'habitude et elle n'était plus là. Elle était partie avec leur enfant. Elle n'avait jamais donné de nouvelles depuis. Il n'avait pas dessoûlé pendant des semaines. L'orchestre dont il était membre avait obtenu un engagement pour la saison d'été sur la côte. Le patron avait refusé de l'emmener avec eux. En octobre il avait été viré. Il avait revendu sa trompette.

Il s'aperçut qu'une femme ne cessait pas de l'observer. Il était sûr d'avoir déjà parlé avec elle dans le temps. Il la regarda dans les yeux. Elle sirotait un verre de cognac.

Cette femme au cognac n'était pas une trouvaille. Nivea ratura le dernier paragraphe. Elle se dit qu'elle ferait mieux d'aller dormir. Elle serait fière de montrer à Antoine qu'elle s'était souvenue du verbe « siroter ». Elle devait se lever tôt et il était deux heures du matin. Elle avait passé la soirée à vérifier un tiers des mots dans ses deux dictionnaires anglais-français et portugais-français. C'était un ami brésilien en exil à Paris qui lui avait trouvé ce job en lui faisant rencontrer un éditeur à la recherche de romans policiers qu'il comptait diffuser dans les grandes surfaces. Il payait cash et n'était pas exigeant puisqu'il ferait tout récrire afin que sa collection garde le même ton. C'était rentable si on n'y consacrait que deux ou trois semaines. Nivea avançait trop lentement. Elle avait rédigé un plan. Elle avait imaginé un règlement de compte final à Los Alamos, au Nouveau-Mexique, devant la maquette de la première bombe atomique. Elle connaissait bien le Nouveau-Mexique où elle avait failli se marier quand elle avait quitté le Brésil, dégoûtée par le coup d'Etat de l'été 1964. Elle n'avait pas voulu que sa fille grandisse sous une dictature militaire.

L'idée que Sergio risquait de s'intéresser un jour à la petite et que Noêmia subisse alors l'influence d'un père fasciste la révulsait. Nivea avait appris que Sergio était devenu un des idéologues du nouveau régime. L'évolution de Sergio ne l'aurait concernée en rien s'ils n'avaient pas eu un enfant ensemble. Devenu riche, il envoyait des chèques à Noêmia, payables à New York. Tout ce que Nivea savait sur Sergio lui donnait raison d'être partie à toute vitesse.

Quand le président Goulart s'était réfugié en Uruguay, elle avait découvert la Californie. Sa première adresse avait été 10237 San Pablo Avenue à El Cerrito, California 94530, U.S.A. Elle n'était plus très sûre du numéro de la maison, où elle occupait avec sa fille les deux pièces du haut pour un loyer dérisoire. Elle avait laissé toutes ses affaires à Rio, prêté ses meubles, donné des vêtements. Ses disques lui avaient vite manqué. C'était l'été, il faisait très chaud et Noêmia passait des heures devant les deux perroquets de la propriétaire. Ils étaient énormes et faisaient du bruit jour et nuit.

Elles n'étaient pas restées longtemps à El Cerrito. Elles avaient ensuite habité à Los Angeles chez Howard et Jennifer, un couple d'architectes que Nivea avait connus à Rio où ils étaient venus donner des conférences. Ils avaient un petit garçon du même âge que Noêmia. L'urbanisme surtout les intéressait. Nivea les avait accompagnés à Ouro Preto, l'ancienne capitale de l'or. Ils avaient passé plusieurs jours à photographier une douzaine d'églises baroques et Nivea avait fait des progrès en anglais.

Howard et Jennifer avaient toujours dit qu'ils l'accueilleraient avec plaisir à « L.A. ». C'est chez eux que Nivea rencontra le garçon qui voulut à tout prix l'épouser. Elle avait presque dit oui afin de devenir citoyenne américaine et de ne plus avoir de problèmes avec le permis de travail qu'on lui refusait. Il s'appelait Jimmy et Nivea l'avait trouvé drôle. Elle avait tout de suite fait l'amour avec lui.

Tout le monde était avocat dans la famille de Jimmy et il avait fait du droit, lui aussi, mais il voulait devenir musicien et composer un opéra. Il jouait du Bach et du Scarlatti toute la journée et Nivea aimait s'allonger sous le piano pour écouter. Elle sentait la musique dans tout son corps. Jimmy était très gentil avec Noêmia et il suppliait Nivea d'avoir un deuxième enfant avec lui. Ils vécurent ensemble pendant plus d'un an.

C'est Jimmy, né à Albuquerque où son père avait un cabinet dans la vieille ville, qui avait fait connaître le Nouveau-Mexique à Nivea. Ils avaient parcouru presque tout l'Etat dans une vieille Volkswagen noire. Ils n'étaient jamais allés à l'hôtel, sauf à Madrid, la ville fantôme qui avait été créée pour fournir des prostituées aux mineurs. Ils avaient loué une *adobe house* où il n'y avait pas un seul angle droit parce qu'elle était construite avec des briques de boue par les Indiens de Tesuque. Ils dormaient dans des sacs de couchage à la belle étoile et Nivea se réveillait en sursaut à cause du chant des coqs qu'elle prenait pour des cris de coyotes. Il y avait aussi les chicanos saouls dans les drive-in bars, criant qu'ils voulaient arracher des cœurs rouges dans des corps blancs. New Mexico! Land of Enchantment! Nivea se demanda ce qui lui prenait d'évoquer tout cela ce soir à Paris et à deux heures du matin. Antoine n'était toujours pas rentré.

Elle se sentait cafardeuse. Elle rêvassait. Elle pensait aux chicanos et à leurs voix tristes quand ils chantaient en s'accompagnant à la guitare. Les paroles et les titres lui revinrent à la mémoire. A Santa Fe, un vieillard jouait de l'accordéon et son petit-fils répétait les paroles qu'il lui soufflait. C'était la plainte d'un Mexicain qu'on avait enrôlé pour aller se battre en Europe en 1914 : « *Parle vou français monsieur me dijo la Francesita.* » Nivea aurait voulu retrouver les paroles d'une chanson qu'elle avait connue par cœur, *Radios y Chicanos*. Les chicanos passaient la frontière et louaient des radios au Texas. Leur vie était trop triste sans musique et sans chansons, *sin música ni canciones*. Nivea se revit chantant

> *Si sera, si sera*
> *Parece mentira*

pendant qu'elle conduisait la Volkswagen décapotable entre Tucson et El Paso.

Ce soir, en plus, elle haïssait Antoine. Elle s'en voulut de ne pas être déjà couchée et endormie. Il se serait glissé près d'elle dans le noir sans se faire remarquer. Elle n'était pas sûre d'aimer les couples qui vivent tout le temps ensemble. Elle s'endormit en décidant d'abandonner cette histoire de roman policier. Elle mettrait des mois à l'écrire. Autant faire des ménages. Les premières pages avaient eu le mérite de l'aider à perfectionner son français.

Elle n'avait pas entendu Antoine rentrer. Il n'avait pas allumé. Elle se souvenait vaguement qu'elle lui avait caressé la nuque. Ils se réveillèrent tard.

Avant l'été, elle trouva du travail à la Varig. Elle écrivit à sa famille qu'elle travaillait sur les Champs-Elysées. C'est là qu'elle entra en contact avec le directeur d'une agence de voyages qui lui proposa un salaire plus important et un intéressement aux bénéfices. Son futur bureau serait près de l'Opéra. Elle pourrait fixer rendez-vous à Antoine au Café de la Paix, un endroit qu'elle rêvait de connaître quand elle était adolescente. Il faudrait qu'elle voyage beaucoup. Elle espéra qu'Antoine ne se plaindrait pas trop. Il pourrait partir avec elle. On l'envoya d'abord au Portugal. Elle alla en Ecosse, à Helsinki, à Oslo, à Palerme, à Dubrovnik, en Espagne, en Italie.

A présent, elle était à Athènes.

CHAPITRE 7

En se réveillant et avant de prendre son café, Antoine téléphona au Saint George Lycabettus qui sonna tout le temps occupé. Il était déjà midi. Antoine s'en voulut de ne pas s'être réveillé plus tôt. Il n'obtint la communication qu'à sept heures du soir. Mme Nivea Guerra avait quitté l'hôtel.

Elle l'appela dans la soirée. Elle se trouvait à l'aéroport d'Athènes mais elle ne rentrait pas à Paris. Un vol spécial la conduisait à Patmos où elle avait du travail. Le jour suivant, elle envoya un télégramme à Antoine : « Vive l'Apocalypse, puissions-nous la vivre ici. » Antoine se rappela le coup de téléphone de la veille. Y avait-il un aéroport à Patmos ? A quoi bon vérifier ?

Ils se téléphonèrent encore une fois. Antoine avait acheté les œuvres d'Homère pour les lire en pensant à Nivea et il commença à lui raconter les aventures d'Ulysse. Nivea lui dit qu'au prix où était la communication, elle préférait attendre d'être rentrée pour connaître la suite. Antoine promit de lui lire l'*Odyssée* à haute voix. Il aimait bien lire, à l'intention de Nivea, avant qu'elle ne s'endorme quelques pages d'un livre. Elle fermait les yeux. De temps en temps, il s'arrêtait pour vérifier si elle écoutait et si elle lui demanderait de continuer. Elle s'endormait toujours sans qu'il s'en aperçoive et il se retrouvait comme un idiot, ayant lu deux ou trois pages pour rien, la bouche sèche et contraint de sortir du lit pour aller chercher dans la cuisine une bouteille d'eau. Parfois, à un moment inattendu, il remplaçait le nom d'un personnage par celui de Nivea, ce qui la faisait rire.

D'autres fois, Nivea cherchait le sommeil au moyen de ce qu'elle appelait ses « pré-rêves », dans lesquels elle se métamorphosait en héroïne politique qui dénouait des crises ou en célèbre exploratrice du siècle dernier. Elle se voyait lancée dans des aventures mirifiques qu'elle combinait avec les problèmes de sa vie quotidienne et, par exemple, la célèbre exploratrice n'arrivait pas à payer son loyer. Elle s'endormait avant la fin des pré-rêves qu'Antoine avait du mal à lui faire raconter.

Antoine reçut enfin le télégramme qui annonçait le retour de Nivea. Il partit l'accueillir à Orly où il dévisagea en vain les passagères de deux vols successifs en provenance d'Athènes. Il attendit jusqu'à 23 heures l'arrivée d'un charter : pas de Nivea. Il rentra à la maison où elle était arrivée depuis longtemps, son avion ayant atterri à Roissy. Sur le lit, Antoine avait laissé un mot dans lequel il donnait à Nivea un surnom qu'il avait trouvé en regardant pendant son absence une carte du Brésil. C'était le nom d'un massif montagneux : « Chapada Diamantina. »

La chapada diamantina fut invitée le lendemain

à dîner dans un restaurant japonais. Après ils allèrent au Harry's Bar où ils tombèrent sur Georges, un vieil ami d'Antoine.

Quand le serveur leur apporta le deuxième Blue Lagoon, avec les morceaux d'orange et les cerises qui surnageaient, ils étaient déjà tous les trois dans un drôle d'état, épuisés de fatigue et surexcités. Ils admirèrent de nouveau la couleur bleu turquoise, presque nacrée, du cocktail servi dans une coupe en verre qui leur parut contenir au moins un litre.

Georges, devenu incapable d'articuler les mots de plus de deux syllabes, s'efforçait de résumer un article qu'il avait lu il y a longtemps sur l'euthanasie, quand Antoine remarqua un homme d'une soixantaine d'années qui remontait l'escalier en s'agrippant à la rampe et en écrasant à moitié sous son bras un petit chien brun. Antoine demanda à Nivea s'ils n'avaient pas déjà vu cet homme. N'était-ce pas le fleuriste qui s'était saoulé à leur table la dernière fois qu'ils étaient venus au Harry's Bar ? Nivea invita l'homme à s'asseoir avec eux et pendant qu'Antoine, qui ne tenait plus très droit, négociait une chaise avec des Irlandais, le fleuriste plongea ses doigts sales dans la coupe de Blue Lagoon et en ramena des cerises. Georges lui signala qu'il y avait des pailles et même des cuillers mais l'autre continua de chercher dans le fond de la coupe des morceaux de fruit, essuyant ensuite sa main à son veston avant de la replonger dans le cocktail. Il marmonnait des bouts de phrases inaudibles qui semblaient destinées au chiot qu'il avait laissé gambader sur la table, lequel chiot fonça sur le Blue Lagoon et se mit à laper avec

frénésie. Nivea, Antoine et Georges furent una-
nimes : ce chien était adorable et ils accusèrent le
fleuriste de le laisser mourir de soif. Le chien
ouvrait de grands yeux noirs, avait l'air intelligent
et ne demandait qu'à lécher les mains qui le
caressaient. Nivea, inquiète de le trouver si maigre,
attira l'attention d'un serveur et commanda de
l'eau et aussi un hot-dog sans moutarde. Le chien
se jeta sur le hot-dog qu'il dévora en sursautant
chaque fois qu'il mordait un morceau de la saucisse
brûlante. Le fleuriste le tira par la queue et le reprit
dans ses bras. Il le serrait à l'étouffer. Le chien
gémit. Antoine fit signe au garçon d'apporter une
troisième coupe de Blue Lagoon : ils avaient perdu
la notion du temps et la seule façon de reculer le
moment où ils se rendraient compte qu'il ne valait
même plus la peine d'aller dormir, c'était de
continuer à boire.

Antoine accueillit le serveur en criant : « Le Blue
Lagoon est là et la santé s'en va ! » Nivea avait
l'impression angoissante d'avoir vécu dans ce bar
toute sa vie. Il lui sembla que tout ce qu'elle avait
vécu avant, elle l'avait lu dans un livre. Elle avait
bu moins que les autres mais elle était prête à se
saouler autant qu'eux si la soirée s'éternisait. Elle
ne se sentit même pas la force de chercher sa
montre qu'elle avait mise, avant de partir, au fond
de son sac. Elle essaya de dire qu'il fallait peut-être
songer à rentrer. Elle soupira : « Je serai morte tout
à l'heure quand je devrai aller travailler », mais les
garçons n'écoutèrent pas sa phrase et au lieu de la
répéter, elle enleva tranquillement le chien des bras
du fleuriste et le dorlota. Georges déclara que, pour

mauvais soins notoires, le fleuriste serait privé de son chien. Il insista : « Oui, oui, vous êtes confisqué de chien ! » Cette idée leur plut beaucoup et devint, pendant l'heure qui suivit, la seule idée qu'ils furent capables d'avoir, annonçant à intervalles réguliers au fleuriste aussi ivre qu'eux qu'ils allaient kidnapper le chien, à quoi le fleuriste répondait invariablement que même s'il voyait sept millions devant lui, il ne se séparerait jamais de son chien, qu'il récupérait pour le laisser de nouveau sautiller sur la table une minute après.

Georges, lyrique, affirma que leur rencontre avec un chien n'était pas due au hasard, qu'il n'y avait d'ailleurs jamais de hasard et que ce chien allait sceller leur amitié : ils le garderaient à tour de rôle, ils partiraient tous les trois en vacances avec lui. Antoine ne parvint pas à se souvenir d'une fable de La Fontaine qu'il aurait été content de réciter pour faire rire les autres, mais il retombait toujours sur les deux mêmes mots : « *Certain chien...* » Le fleuriste s'était levé et se dirigeait vers l'escalier des toilettes. Georges prit l'affaire en main : il fallait en profiter, c'était le moment ou jamais. Pendant qu'il irait payer directement à la caisse, les deux autres devaient filer avec le chien et on se retrouverait à la voiture. Il s'agissait d'avoir l'air naturel pour ne pas éveiller les soupçons des serveurs. Nivea répondit que plus personne n'avait l'air naturel à cette heure-là. Elle dissimula le chien sous la veste de son tailleur, un tailleur en flanelle gris anthracite qu'elle aimait beaucoup. Ils se faufilèrent à travers la masse des clients agglutinés le long du comptoir.

Dans l'auto, ils décidèrent que le chien s'appellerait Blue, et que Lagoon serait son nom de famille.

Ils roulèrent au hasard dans l'espoir de trouver un endroit ouvert. Ils échouèrent dans un club de jazz où on leur servit de la tequila avec des tranches de citron et du gros sel. Ils racontèrent toute l'histoire au barman. Ils firent marcher Blue sur le comptoir et une femme qui s'était écartée pour leur faire de la place leur demanda s'ils connaissaient la chanson de Nina Hagen :

> *J' suis ton chien*
> *J' te mords les couilles.*

Ils commandèrent du whisky, espérant que le mélange d'alcools les ranimerait. Le barman mit un disque de Count Basie et ils déchiffrèrent les titres imprimés sur la pochette, trouvant que *Blue Lagoon* aurait été un meilleur titre que *Wiggle Woogie*.

Nivea aurait aimé entendre autre chose que du jazz. Quand elle avait quinze ans, dans sa chambre aux murs parementés, elle tirait les volets et s'allongeait sur son lit comme une morte, les yeux grands ouverts, passant des après-midi entières à écouter des opéras.

Elle alluma une cigarette qu'elle laissa tomber sur la jupe de son tailleur. Elle ne s'en aperçut pas. Elle ne maîtrisait plus bien ses gestes. Une odeur de brûlé la fit descendre subitement de son tabouret. Quand elle découvrit le trou dans le bas de sa jupe, elle fondit en larmes.

Antoine et Georges ne surent pas comment la

consoler. Elle pleurait comme un bébé. Elle voulut partir. Dehors, il commençait à faire jour. Antoine se dépêcha de payer, ramassa Blue qui s'était assoupi sur le comptoir et rattrapa Nivea dans la rue. Elle était calmée, mais recommença de pleurer dans la voiture, s'adressant surtout à Blue qu'elle prenait à témoin de son malheur. Il était sept heures du matin. Georges raccompagna Antoine et Nivea chez eux.

Antoine et Georges se voyaient rarement. Ils s'étaient connus sept ou huit ans plus tôt, à une fête qui avait commencé dans l'appartement d'une amie commune pour se terminer dans une boîte de nuit. Ils avaient immédiatement pressenti des affinités entre eux, critiquant l'espèce d'ordre moral que la droite installait en France. Ils s'étaient moqués du Premier ministre de l'époque qui avait déclaré : « Le changement, c'est nous. » Georges occupait un poste important dans une boîte de sondages et d'études de marché. Ce qui l'intéressait vraiment, c'était la musique et la danse, « surtout les danseuses », avait-il précisé. Picasso venait de mourir et ils en avaient parlé mais autre chose les avait réunis : ils avaient découvert, au moment de se quitter, qu'ils avaient tous les deux suivi une cure de psychanalyse. Georges avait reconnu que cela lui était très utile dans son métier. Ils s'étaient perdus de vue en 1977, quand Georges avait été chargé d'ouvrir une antenne de la société à Londres. Cette nuit, ils avaient préféré se saouler au lieu de se raconter leur vie. Chaque fois qu'ils se voyaient, ils se saoulaient, c'était plus fort qu'eux.

Dans la salle de bains, Nivea se remit à pleurer

en enlevant sa jupe et en regardant de plus près le trou qu'elle y avait fait. Elle se coucha en gardant tous ses autres vêtements. Antoine avait des rendez-vous dans la journée. Il débrancha le téléphone et s'endormit aussi.

Ils se réveillèrent en fin d'après-midi. Leur chambre sentait mauvais. Nivea découvrit que Blue avait pissé partout dans l'appartement. Il arriva tout frétillant vers elle. Elle le détesta au premier coup d'œil. C'était un petit chien de race, horrible, les yeux globuleux. Il avait l'air malade. Elle trouva des crottes sous le lavabo. Elle en trouva d'autres dans la cuisine. Elle donna un coup de pied à Blue quand il fit mine de lui lécher les jambes et elle eut un mouvement de répulsion en l'examinant : il avait des puces. Il était hors de question de garder ce chien une heure de plus. Antoine téléphona à Georges pour lui dire que le chien était affreux. Il fallait retrouver le fleuriste le soir même et lui rendre Blue, cette horreur. Qui se dévouerait ? Antoine et Nivea se sentaient trop fatigués. Ils se recouchèrent et le soir, ils s'affalèrent devant la télévision et regardèrent un film auquel ils ne comprirent rien. Ils décidèrent de ne plus jamais boire de leur vie. Ils enfermèrent Blue dans les cabinets.

Le lendemain, à onze heures du soir, après avoir averti Georges qu'ils partaient restituer le chien, ils s'immobilisèrent dans l'entrée du Harry's Bar, gênant le passage et redoutant d'être repérés par les serveurs de la salle, au cas où le fleuriste aurait fait un scandale après leur départ. Antoine partit en reconnaissance vers le fond où il fit semblant de s'intéresser au décor, observant les moulages en stuc et détaillant les fanions d'université accrochés aux murs : Brown, McGill, Boston College, Kalamazoo College. Il aimait la couleur caramel vieilli du plafond. Il revint vers Nivea : le fleuriste n'avait pas l'air d'être arrivé. Des clients souriaient en découvrant Blue pelotonné dans les bras d'Antoine qui avait mis une veste hors d'usage à cause des puces. Un couple d'homosexuels s'amouracha de Blue. Antoine mit le chien dans les bras du plus maquillé des deux : « Il est à vous si vous en voulez. » Etonné et craignant qu'Antoine ne renouvelle pas sa proposition, il fit disparaître le chien sous son lourd manteau de fourrure et, entraînant son compagnon, ils filèrent vers la sortie. Antoine et Nivea rentrèrent en métro.

Nivea se leva à sept heures et demie. Elle avait des rendez-vous pendant toute la journée. Il était question qu'elle s'occupe d'un nouveau circuit des lacs italiens. On lui montrerait pour la centième fois des photos en couleurs du lac de Garde et du lac de Côme.

Antoine se réveilla en sursaut vers onze heures. Il fallait absolument que son émission sur Géricault soit géniale. Qui s'en rendrait compte ? A moins qu'elle ne soit projetée dans des festivals ? Admettons que ce soit une réussite, se dit-il : on me commandera un Courbet, un Delacroix, un Gauguin. Il se leva et s'amusa à se traiter de tous les noms pendant qu'il s'appliquait de la mousse à raser sur les joues. Merdeux, petit matador, matamore. Remueur de champagne. Nihiliste en proie à la culpabilité. Il eut envie de se recoucher et de tomber dans ce que sa psychanalyste appelait le réservoir impulsionnel. Freud comparait le « ça » à une marmite pleine d'émotions bouillonnantes.

Le téléphone sonna. Croyant que c'était Nivea, il décrocha. C'était son père qui lui dit à peine bonjour et se mit à lui parler du traité de Versailles. Il téléphonait à toute sa famille, frères, enfants et neveux, plusieurs fois par jour.

Antoine écouta : « Pendant un an, on n'arrêta pas de signer des traités, de créer des Etats, de neutraliser des détroits, de réclamer de l'argent et de faire des gaffes. Tu es là, Antoine ? Allô ? En 1918, les Anglais arrivaient aux réunions avec des maharadjahs et des émirs et même des Japonais parce que les Anglais avaient eu besoin de torpilleurs japonais. Il y avait aussi des Brésiliens. Les discussions avaient lieu au Quai d'Orsay. Il y avait des Portugais, des Polonais, des Roumains, des Chinois et des Siamois. Dix autres pays encore. Toute l'Amérique centrale sauf le Costa Rica dont le dictateur ne plaisait pas à Mr. Wilson. Il y avait le général Smuts, d'Afrique du Sud. On préparait la Conférence de la Paix. Tous ces gens allaient juger l'Allemagne, le Saint Empire, Heiliges Römisches Reich Deutscher Nation, Sacrum Imperium Nationis Germanicae ! « *Objections ? Non ? Adopté !* » disait sans arrêt Clemenceau. Le slogan à la mode était qu'il fallait fouiller dans les poches des Boches. On ne parlait plus d'eau de Cologne mais d'eau de Louvain. A Paris, la rue de Berlin était devenue la rue de Liège. Un jeune détraqué tira sept balles de revolver sur Clemenceau, qui se contenta de déplorer qu'après tant d'années de guerre, un homme puisse encore tirer aussi mal. A New York, le président Wilson écouta l'hymne national chanté par Caruso et il lui succéda pour expliquer ce qu'il faisait en Europe. Il fut moins applaudi que Caruso. »

Antoine passa le reste de la journée en compagnie d'un ingénieur du son qui lui fit écouter des enregistrements de tempêtes, de vagues, de vents. Il avait eu l'idée de mettre des bruits de la nature sur les détails qu'il isolerait dans *Le Radeau de la Méduse,* pour ne pas tomber dans la bande-son habituelle, commentaire avec une musique en dessous dont on remonte le niveau quand le récitant se tait. Antoine se demandait si le mouvement, ou la sensation de mouvement, ne pourrait pas être introduite par le son plutôt que par des promenades de la caméra sur une toile inerte. Il ramena quelques cassettes qu'il avait hâte de réécouter tout seul dans le silence et en fermant les yeux pour imaginer le montage des images. Il n'était pas sûr que son idée soit bonne. Nivea fit du bruit dans la salle de bains : elle allait se coucher et Antoine fut agacé quand elle laissa tomber le sèche-cheveux.

Il se souvint qu'il existait une main en plâtre de Géricault, moulée sur son lit de mort. Le peintre avait eu la force de tracer dans le plâtre encore mou : « A tous ceux que j'aime, adieu. » Il se demanda comment retrouver ce moulage ? Il alluma la radio et entendit, sur les ondes courtes, un speaker allemand annoncer une valse : *Rosen aus dem Süden.*

Voilà la musique qu'il fallait ! Ce serait poignant.

Les valses étaient toujours poignantes. Le contraste entre les malheureux immobiles sur la toile et la musique d'une danse à trois temps aurait de l'allure. Antoine constata que les meilleures idées étaient toujours offertes par le hasard : s'il n'avait pas ouvert la radio à ce moment-là... Il se méfia : il savait aussi que se servir d'une valse était une solution de facilité. Il n'y avait même plus besoin de faire du montage : n'importe quelle succession d'images devenait impeccable et subtile avec une valse pour lier le tout. Il faudrait qu'il s'enfonce plus avant dans son travail. Devenir Géricault ! Il avait appris, en tournant ses autres documentaires, que plus on s'efforce de coïncider avec un autre, de se substituer à lui, plus on se découvre et s'affirme soi-même. Son vrai travail de cinéaste serait de peindre à son tour *Le Radeau de la Méduse*.

Il alla s'allonger sur le divan. Il n'avait pas envie de dormir. Il entendit de la musique et crut qu'il n'avait pas éteint la radio. Le bruit venait de la rue.

Le voisin du dessous avait ouvert ses fenêtres toutes grandes malgré le froid et placé un haut-parleur sur le balcon. Il offrait à toute la rue un concert Beethoven. On en était au deuxième mouvement de la Neuvième Symphonie. Antoine calcula qu'il y en avait encore pour quarante minutes. Il chercha sa montre. Il devait être trois heures du matin. Le voisin accompagnait la musique en hurlant. Antoine entendit des éclats de voix et souleva le rideau. Il ne vit rien. Les gens qui rouspètent la nuit laissent leurs fenêtres éteintes. Il entrouvrit la fenêtre et entendit « branleur... nous empêche de dormir... je travaille demain, moi... »

Une autre voix menaça d'appeler la police. Il y eut un silence mais la musique reprit de plus belle : le temps de mettre l'autre face du disque. Antoine s'amusa en pensant que le dernier mouvement approchait et que les chœurs de l'*Hymne à la Joie* réveilleraient encore plus de gens. En effet la première intervention du baryton solo fut saluée par quelques cris et quand le chœur intervint, chantant la réconciliation des hommes, les injures redoublèrent. Le spectacle ensuite ne fut pas sans grandeur : pendant que le chœur affirmait « Tous les hommes sont frères », la lumière bleue et tournoyante d'un car de police vint éclairer le chef d'orchestre. La musique fut interrompue au beau milieu des dernières mesures *prestissimo*. Beethoven fit place au poste émetteur-récepteur du car de police d'où sortait une voix désagréable qui annonça une bagarre à armes blanches dans un restaurant. Antoine entendit son voisin hurler qu'il poursuivrait le commissariat devant la cour internationale de La Haye. Ensuite il ne se passa plus rien et le car de police disparut au bout de la rue. Calmé, le voisin rentra son haut-parleur et revint s'accouder au balcon. Il parlait tout seul d'une voix douce en s'adressant à un chat qu'Antoine n'avait pas aperçu tout de suite. Il disait qu'il aurait pu être chef d'orchestre. Le chat ne bougeait pas et son maître le fit rentrer en lui disant d'une voix plus forte que le concert de ce soir avait été une réussite.

Antoine rejoignit Nivea qui dormait à poings fermés. Il regretta de ne pas être allé au lit en même temps qu'elle. Il venait encore de passer deux ou trois heures à ne rien faire d'utile. Il se rapprocha de Nivea et lui demanda avec insistance : « Tu dors ? » Elle remua à peine. Elle avait transpiré et ses cheveux étaient mouillés, son T-shirt aussi. Antoine n'avait pas envie de s'endormir comme ça, bêtement, dans le noir. Il avait besoin de faire quelque chose. « Au commencement était l'action. » D'où venait cette phrase ? Shakespeare ? Il savait que ce n'était pas Shakespeare et il passa un bon quart d'heure, lui sembla-t-il, avant de se rappeler que la phrase était de Goethe.

Pourquoi n'avait-il pas sommeil ? Le documentaire sur Géricault lui paraissait infaisable. Il aurait voulu se rhabiller et sortir. Il se demanda s'il avait encore des chances de trouver à cette heure-ci une femme aussi désemparée que lui et s'il aurait assez de force pour la convaincre d'aller séance tenante à l'hôtel. Ce qui l'empêchait de dormir, c'est qu'il ne se trouvait pas assez fou, ni sa vie assez extraordinaire. Le temps des grands hommes était-il passé ? Il y a des périodes où l'Histoire ne produit plus rien. Il ne serait jamais Alexandre le Grand. Il pensa à la vie de Lénine, déporté en Sibérie, où il cueillit des fraises, fit du patin à glace et se baigna l'été dans les trous d'une rivière presque à sec. Sa fiancée le rejoignit et la police les obligea à se marier. A Genève, Lénine avait fait du vélo avec sa femme. Il était venu à Paris, il avait habité près du parc Montsouris, il était allé à la Bibliothèque Nationale, il avait donné des conférences rue Danton. On disait de lui qu'il avait l'optimisme militant d'un matérialiste. Avant de mourir, Lénine avait suggéré qu'on nomme quelqu'un d'autre que Staline au poste de secrétaire général du parti : « Les camarades pourraient s'imaginer qu'il s'agit là d'un détail insignifiant, mais bien au contraire. » Antoine se dit qu'il irait acheter le recueil d'articles et de discours de Staline publié en français par les éditions en langues étrangères de Pékin.

Nivea se retourna et demanda à Antoine pourquoi il ne dormait pas encore. Elle voulut savoir l'heure. Antoine chercha le réveil à tâtons et n'osa pas lui dire qu'il était déjà cinq heures vingt. Il s'allongea. Il voulait encore un peu réfléchir. Il aurait aimé être persuadé, d'une manière inflexible, comme Lénine, que le malheur n'est pas le fondement irrémédiable de la vie mais une corruption, une flétrissure. Il faut déclarer la guerre au malheur. Nier tout ce qui peut être nié. Ce n'était pas une phrase de Goethe. Ce n'était pas non plus la phrase exacte, qu'il retrouva aisément : *tout ce qui peut être nié doit être nié.* Cette phrase, Antoine adolescent l'avait écrite sur le mur de sa chambre, en grands caractères, au-dessus de la fenêtre, en face du lit.

Il se pencha vers Nivea pour la regarder et il se souvint que Goethe expliquait la suprématie de la femme dans la sensibilité et dans les œuvres des Modernes par le fait que les Anciens, et surtout Homère avec Achille et Ulysse, avaient tout dit sur le côté masculin. Possible. En s'endormant, Antoine songea qu'il n'avait pas lu le tiers du quart des œuvres de Lénine. Pour être honnête, il n'avait rien lu du tout, sinon des extraits, des citations. Il eut encore le temps de penser qu'à son âge,

Napoléon faisait enlever le pape Pie VII et qu'au même âge, Vercingétorix avait été étranglé à Rome depuis longtemps. Il n'eut pas le temps de penser aussi à Alexandre le Grand. Le sommeil arriva.

CHAPITRE 8

Pendant que Nivea était à Patmos, Antoine avait écrit une première version de son scénario. Quand il avait su qu'elle ne rentrerait pas tout de suite, il avait d'abord été découragé. Il s'était dit qu'il en profiterait pour se mettre en règle avec ses producteurs. Il ne supportait pas d'être seul mais il lui était de plus en plus difficile de se concentrer dès qu'il y avait quelqu'un d'autre dans l'appartement. Au moindre bruit que faisait Nivea, il avait envie d'aller voir ce qui se passait. Pour s'isoler, il mettait des disques qu'il n'écoutait pas. La musique lui servait à insonoriser la pièce.

Du temps d'Agnès, il arrivait très bien à travailler à la même table qu'elle. Ils ne se gênaient pas. Elle préparait ses cours et lui ses documentaires, moins compliqués que ce qu'il essayait de concevoir maintenant. On ne lui confiait que des reportages. Il était entré à la télévision en 1972, quand il n'y avait encore que deux chaînes, à une époque où le pouvoir se méfiait beaucoup de la création. Un ministre avait traité les réalisateurs de « mabouls intellectuels » et de « Soviet des dingues ». Les émissions intelligentes et audacieuses étaient diffusées après 22 heures puisqu'on savait en haut lieu que la France se couchait à 22 heures.

Le beau-frère d'Agnès connaissait un producteur de la deuxième chaîne et il avait organisé un dîner pour lui présenter Antoine qui avait parlé d'une série consacrée aux grands aventuriers de l'esprit. Il était convaincu que des hommes avaient pris, dans le domaine de la pensée, des risques au moins équivalents à ceux courus par les explorateurs, les conquérants ou les pirates de jadis. On avait rejeté Platon et Aristote. On avait hésité entre Héraclite, Empédocle et Parménide. On avait inclus Spinoza, Nietzsche, Mao Tsé-toung. Ils étaient passés au salon et le producteur avait pris Antoine à part. Ils avaient convenu d'un rendez-vous dans la semaine. Le résultat avait été la commande d'une émission consacrée à Nietzsche, qui servirait éventuellement de « pilote » si on décidait par la suite de réaliser la série. Antoine aurait voulu filmer la maladie de Nietzsche à partir du moment où il embrasse un cheval dans une rue de Turin. Nietzsche était mort douze ans après, en 1900. Ces douze années pendant lesquelles il avait peut-être simulé la folie étaient les plus émouvantes. On avait donné un gâteau à Nietzsche et il l'avait pris dans ses mains en disant : « C'est un beau livre. » Il jouait du Beethoven au piano. Il disait souvent : « Tout compte fait, je suis mort. » A l'hôpital de Turin, un médecin avait noté : « Il prétend qu'il est un homme célèbre et il ne cesse de réclamer des femmes. » Conclusion : ramollissement cérébral.

En remettant son projet, Antoine avait insisté

pour que les textes de Nietzsche et les dialogues soient dits en allemand et sous-titrés. Du coup, on avait renoncé à l'émission et mis au rancart les grands aventuriers de l'esprit, mais Antoine, sans avoir impressionné un mètre de pellicule, était devenu réalisateur. Il continua d'enseigner et tourna en juillet un sujet de dix minutes sur les marchés couverts, destiné à un magazine d'été. La petite taille de la caméra l'avait surpris. Son équipe n'avait vu qu'un reportage banal là où il avait la volonté de réussir un poème en images, faisant alterner des détails architecturaux et des inserts de légumes et de fruits. « Je veux filmer des ner-vures », avait-il dit au responsable du magazine.

Il était allé à Bangkok. Ses amis l'avaient envié. Il devait filmer le palais royal et d'autres bâtiments du XVIIIe siècle. Il avait surtout filmé des temples construits un siècle plus tard. Bangkok était alors la ville la plus chère du monde après New York depuis que les soldats américains combattant au Vietnam venaient y passer leurs permissions. Antoine avait découvert, près de la gare centrale, les locaux où on vendait des enfants qui iraient travailler dans les ateliers clandestins appelés « usines à sueur ». Dans sa chambre d'hôtel clima-tisée, il enrageait de ne pas pouvoir interviewer les permissionnaires américains et les gosses qu'il avait vus sortir de la gare encadrés par des rabatteurs. Il n'était resté que cinq jours.

Antoine avait passé son temps à réaliser les émissions qu'on lui commandait et il n'avait jamais pu donner libre cours à ses indignations. Quand il disait que la télévision était un instrument merveilleux pour critiquer la société, on lui conseillait de tourner en super-8 à ses frais.

Il n'était pas satisfait du scénario qu'il avait intitulé *Le Travail de Géricault*. Le titre n'était pas bon. Le reste non plus. Il lui manquait plein d'éléments. Il n'était même pas retourné au musée du Louvre pour voir *Le Radeau de la Méduse*. Il aurait voulu en savoir plus sur le docteur Georget, médecin-chef de la Salpêtrière, ancien élève d'Esquirol et auteur d'une thèse : *De la folie*, qu'il aurait dû lire. C'était pour le docteur Georget que Géricault avait peint ses dix portraits de fous, ou plutôt, comme on disait alors, de monomanes. Cinq de ces portraits avaient disparu. Les cinq autres étaient éparpillés, un aux Etats-Unis, un en Suisse, un en Belgique, un au Louvre et un au musée des Beaux-Arts de Lyon. Réunis dans le cabinet du docteur Georget, ils avaient dû former un ensemble étonnant. On n'était pas sûr qu'ils aient été peints à la demande du médecin. Antoine préférait l'hypothèse selon laquelle Géricault aurait peint les fous parce qu'il se sentait attiré par eux et aurait ensuite offert les tableaux à Georget qui les admirait. Les fous avaient été peints deux ou trois ans après *Le Radeau de la Méduse*. Pour Antoine, les rescapés du naufrage et les monomanes du jeu, du vol ou de l'envie appartenaient au même univers, comme les personnages des différents romans de Dickens ou de Dostoïevski. Il imaginait que les rescapés vus de dos et agitant des morceaux de tissu avaient le visage morne et le regard éteint des fous. Il y aurait moyen de faire un raccord au

120

montage et de passer des trois personnages du *Radeau* aux yeux en gros plans des monomanes.

Antoine avait relu l'article devenu classique d'André Bazin sur les rapports du cinéma et de la peinture. Le critique signalait le danger d'une dramatisation artificielle qui risquait de substituer l'anecdote au tableau. Antoine pensait que ceux qui veulent voir le tableau n'ont qu'à aller au Louvre. Il était d'accord avec Bazin : les films sur l'art ne trahissent pas les peintures mais sont à leur tour des œuvres. Antoine ne voyait pas pour autant comment mettre de l'ordre dans ses idées. Qu'allait-il faire des chevaux, des fous et des naufragés de Géricault ? Dès que le scénario serait accepté, on lui ferait signer un contrat et il serait bien obligé de faire le film. Hemingway disait qu'une fois qu'on a commencé une œuvre, le mieux est de la finir.

Tapé à la machine, le scénario faisait neuf pages. Antoine le corrigea dans le taxi. Le chauffeur lui parla en le regardant dans le rétroviseur et lui demanda s'il était écrivain. Antoine répondit que non. Le chauffeur insista : « En tout cas, vous écrivez pour la télévision, puisque c'est là qu'on va. » Le chauffeur dit qu'un de ses amis avait connu Albert Camus. Ils avaient été ensemble à l'Ecole Normale d'Alger. Le chauffeur aussi aurait dû aller à l'Ecole Normale mais il avait deux ans de moins que Camus et à cause du Front populaire, on avait réduit le nombre de bourses. Au lieu d'être devenu un écrivain comme Camus, il se retrouvait chauffeur de taxi. Après un silence, il dit que Camus avait toujours préféré les Kabyles aux Parisiens. Antoine approuvait tout en essayant de raturer une phrase sans que les secousses de la voiture ne fassent dévier son stylo. Après le pont de l'Alma, le chauffeur lui dit qu'il avait chargé François Mauriac : « Ce n'était plus l'académicien en costume, voyez, il descendait de son piédestal pour s'intéresser à mes problèmes. Nous n'avons pas pu parler longtemps. Je l'avais chargé place Péreire et il allait au drugstore des Champs-Elysées. »

Antoine se demanda s'il prendrait l'adresse du chauffeur de taxi pour le filmer un jour. Il s'imagina lui-même en chauffeur de taxi, dans dix ans, racontant qu'un de ses amis avait bien connu Federico Fellini. Ou dans vingt ans, s'il y avait toujours des taxis et des gens pour les prendre. Avec sa voiture, il rôderait du côté des studios. Il chargerait des jeunes et leur dirait qu'il avait travaillé à la télévision quand elle n'était pas encore en relief. Il leur parlerait des films qu'on tournait sur de la pellicule recouverte de gélatine et de bromure d'argent. La gélatine provenait de peaux et d'os de moutons. Sans les moutons, il n'y aurait pas eu de cinéma. La sensibilité des pellicules avait varié selon que les moutons étaient australiens ou sud-américains.

Après l'avoir photocopié, Antoine remit son scénario à l'assistante. Les autres étaient en projection. Il reprit l'ascenseur. Le bruit des portes lui rappela la première mesure de *Manfred*. Dans le scénario, il avait indiqué que la musique serait l'*Ouverture de Manfred* de Schumann. Il n'était pas sûr que ce soit une bonne idée. *Manfred* était une œuvre aussi forte que *Le Radeau de la Méduse*. Mises ensemble, elles risquaient de se porter tort. Ce serait la musique qui gagnerait. A la télévision, pour qu'un effet visuel puisse lutter avec un effet sonore, il fallait qu'il soit gros comme une maison. La musique désespérée de Schumann sur les images d'une peinture qui ne l'était pas moins, ce serait un pléonasme. Antoine comparait l'image et le son à deux enfants qui rentrent de l'école, traînent en route et s'attendent l'un l'autre.

Il imagina Schumann et Géricault quittant l'école ensemble. Deux ans après avoir tenté de se suicider, Schumann était mort interné dans un asile. Une de ses sœurs s'était tuée dans une crise de folie. Son père, qui avait traduit Byron, était atteint de confusion mentale. A neuf ans, Robert Schumann avait décidé de devenir un pianiste virtuose mais après treize ans d'études, une paralysie de la main droite avait anéanti ses espoirs. Il avait traversé une grave crise nerveuse. Il avait dû attaquer en justice le père de Clara, sa fiancée, qui s'opposait à leur mariage. Professeur au conservatoire et plus tard chef d'orchestre, Schumann n'avait été capable ni d'enseigner ni de diriger. Avant d'être interné, il avait souvent parlé de son travail avec un jeune homme de vingt ans, Johannes Brahms. Un siècle plus tard, leurs deux noms se retrouvaient sur les mêmes pochettes de disques. Brahms, qui avait appris à connaître la femme de Schumann en la réconfortant au retour des visites qu'ils rendaient tous les deux au musicien interné en Rhénanie, était devenu amoureux d'elle.

Antoine aurait aimé tourner une vie de Schumann, mais pas un film en costumes. Il aurait tout transposé au XXe siècle. Il n'aurait pas cherché à lire des biographies de Schumann. Il aurait tout inventé à partir de quelques événements de la vie de Schumann qu'il connaissait et surtout à partir de la musique. Il considérait *Manfred* comme un des sommets de la musique en Europe. Cette musique était à elle seule un scénario. Il aurait acheté tous les disques disponibles, un nouvel électrophone et il se serait enfermé dans une suite d'un des meilleurs hôtels de Berlin ou de Vienne. Il aurait rédigé en un mois un scénario bouleversant.

Pour étoffer le rôle de Clara Schumann, il aurait pris des idées dans les faits et gestes de Nivea, la femme de sa vie, puisqu'il avait osé lui dire un jour : « Tu es la femme de ma vie. » Nivea ne ressemblait pas du tout à Clara Schumann, mais ce ne serait pas grave. Quand Antoine pensait au bonheur de Schumann et de Clara, il se souvenait du couple de Charlot et de Paulette Goddard dans *Les Temps modernes*. Il avait toujours trouvé bizarre que ce film ait la réputation de dénoncer le modernisme alors qu'il y voyait pour sa part une des plus merveilleuses histoires d'amour. Schumann avait dû être heureux comme Charlot. Nivea ressemblait à Paulette Goddard dans *Les Temps modernes*.

Au moment où il avait rencontré Nivea, Antoine avait eu une envie folle de tourner avec elle une adaptation d'un roman qu'il avait lu plusieurs fois : *Trois chambres à Manhattan,* de Simenon. Le livre avait déjà été adapté au cinéma mais ce ne serait pas la première fois qu'on tournerait un remake.

Jean Renoir avait d'abord eu ce projet, souhaitant travailler avec Leslie Caron dans les rues de New York. Renoir voulait profiter de cette féerie qu'est une rue de New York, avec une base solide qui était le roman, mais Marcel Carné l'avait tourné avant lui. L'actrice était Annie Girardot. De dépit, Antoine n'était pas allé voir le film à l'époque. Il ne connaissait pas encore Nivea mais il pensait qu'un jour il rencontrerait une femme qui lui donnerait la force de vouloir mener ce projet à bien. Aujourd'hui, il se souvenait mal de l'histoire racontée dans le livre. C'était l'histoire d'une rencontre et il aimait surtout un détail : l'homme en sortant de chez lui avait laissé la lumière allumée. Il se souvenait aussi de Jean Renoir parlant de son amour de l'eau et des rivières. Au bord d'une rivière, on n'est plus le même. Renoir espérait que son ami Georges Simenon lui permettrait de montrer, dans le film *Trois chambres à Manhattan*, un petit morceau de l'Hudson. Dans l'histoire du cinéma, Antoine attachait autant d'importance aux films qui n'avaient jamais pu être réalisés qu'aux autres.

Il marcha le long de la Seine jusqu'à Saint-Michel et commanda un thé à la menthe dans une pâtisserie tunisienne d'où il apercevait les tours de Notre-Dame. Il s'assit sur une chaise en plastique orange. Il était le seul consommateur, et derrière les piles de gâteaux multicolores trois Tunisiens âgés parlaient fort sans arriver à couvrir le son du transistor. Antoine reconnut la voix d'Oum Kaltsoum. Il n'était pas pressé. Il n'avait rendez-vous avec personne et il aimait s'arrêter dans des endroits inconnus où on ne viendrait pas l'embêter.

Il écouta la chanteuse égyptienne, la voix la plus écoutée dans le monde entier. Si Allah avait fait descendre du ciel un Coran de la Musique, Oum Kaltsoum en aurait été la prophétesse. Antoine possédait une quinzaine de disques d'elle. Il ferma les yeux. Il lui arrivait souvent d'imaginer qu'il était ailleurs qu'à Paris. Il ne se contentait pas de l'imaginer, il le croyait vraiment. A la place de Notre-Dame, il vit la tour de la Koutoubia de Marrakech. Il n'entendait plus la rumeur des automobiles qui remontaient la rue Saint-Jacques. Il venait d'arriver à Marrakech. L'avion avait survolé Gibraltar, *Gib,* comme on dit là-bas. L'hôtesse avait signalé qu'on pouvait apercevoir, sur la gauche de l'appareil, une flotte de sept navires. Son voisin avait appris à Antoine que Franco avait fait fermer le poste-frontière de La Linea parce que les Anglais ne voulaient pas rendre Gibraltar à l'Espagne. Dans l'avion, le steward portait une grosse bague rouge. Deux enfants se poursuivaient dans le couloir central. Beaucoup d'Espagnols étaient descendus à l'escale de Malaga. A l'aéroport de Marrakech, il n'y avait qu'une seule piste pour les atterrissages et les décollages. A Marrakech, Antoine passa des après-midi entières à boire du thé à la menthe à la terrasse du Grand Café. Des petites filles posaient des colliers sur sa jambe sans rien dire. Elles s'éloignaient, riaient avec leurs amies et venaient reprendre les colliers qu'il n'achetait pas. Au restaurant, il s'était plaint de la présence de mouches mortes dans sa soupe et on lui avait dit : « Tu voudrais qu'il y ait du poulet ? »

Dans les verres, il y avait davantage de feuilles de

menthe fraîche que de thé. On posait les sucres sur les feuilles et Antoine les regardait fondre lentement pendant que des infirmes qui avançaient sur des planches à roulettes se hissaient sur la terrasse. Dans les souks de la Médina, Antoine chercha des bijoux berbères pour Nivea. Ayant fini sa journée, le bijoutier avait senti ses mains en disant : « Ça sent le bijou. » Antoine acheta des colliers anciens. Il se fit traduire les paroles que chantait Oum Kaltsoum : « Ton amour, ô mon chéri, a rempli mon cœur... Tu m'as enseigné à vivre l'amour avec toi, mille amours... »

Quand le soleil se couchait sur la place Djema El-Fna, Antoine aimait voir passer de jeunes chameaux et entendre braire les ânes. Des objets en cuivre brillaient. Les marchands disaient : « C'est le dernier prix. » Au restaurant Riad, des touristes glissaient des billets dans les soutiens-gorge des danseuses. Antoine prit l'autobus pour aller au cinéma. Il mangeait des graines de tournesol. Il avait téléphoné pour connaître le programme. Il y avait un film hindou et un film de karaté. En achetant son ticket, il avait vu qu'il payait une surtaxe destinée à aider le peuple palestinien.

Une sirène d'ambulance rappela à Antoine qu'il était à Paris. Il reconnut les quais, les arbres de la place du Petit-Pont, les deux tours de Notre-Dame.

Il paya et sortit. Il avait dû rester là au moins une heure. Il se demanda où étaient passés les bijoux qu'il ramenait pour Nivea. Il regarda sa montre. Il faudrait qu'il s'en achète le plus vite possible une autre qui n'aurait ni histoire ni préhistoire. Pourquoi portait-il cette montre que

Catherine lui avait donnée quinze ans plus tôt ? Quelle était la phrase, dans *Le Bruit et la Fureur*, à propos d'une montre donnée ? « Je t'offre le mausolée de tout espoir » ?

Antoine aimait faire des citations. Il en avait un arsenal. Venant à propos, une citation lui permettait de se cacher en faisant semblant d'être là. Il brillait sans se compromettre, détournait l'attention et n'exposait au jugement d'autrui que la vélocité de sa mémoire. Une montre qui est un mausolée ! S'il avait eu un enfant avec Catherine, il aurait l'âge de cette montre. Quand ils avaient divorcé, Catherine avait voulu qu'il lui rende cette montre qu'elle lui avait offerte. Elle l'avait blessé au poignet en cherchant à la lui arracher. Elle lui avait dit : « Tu n'as pas d'avenir. » On prétend que la musique adoucit les mœurs. Pas d'avenir, pas de montre. Cet adagio d'introduction avait été suivi d'une fugue dont Antoine admirait encore la richesse contrapuntique, Catherine lui disant : « Tout ce que j'ai fait de bien, je l'ai fait contre toi, et tout ce que je ferai contre toi sera bien. »

Sans raisons, l'année dernière, Catherine avait fini par lui rendre la montre comme si elle la lui offrait de nouveau. Elle en avait pris soin pendant toutes ces années et elle avait même acheté un nouveau bracelet en cuir. Antoine s'était senti comme les Grecs à qui le British Museum restituerait les frises du Parthénon volées par Lord Elgin. Au lieu d'encombrer sa vie de symboles qu'il semait comme les cailloux du Petit Poucet, il ferait mieux d'avoir une montre qui ne doive rien à personne. Il ne voulait pas être d'accord avec sa psychanalyste qui croyait que la tendance à créer des symboles s'empare de l'être humain dès la petite enfance parce que toutes les mères, aussi aimantes soient-elles, restent impuissantes à satisfaire l'insatiable besoin d'affection de leur enfant. Antoine l'aurait plutôt dit des femmes qu'il avait rencontrées à l'âge adulte, et elles auraient pu le dire de lui. La vie serait assommante si chacun répondait aux demandes de l'autre et si les besoins d'affection n'étaient plus insatiables.

Antoine regarda dans les boîtes des bouquinistes en espérant trouver un livre sur Géricault. Il feuilleta un volume intitulé *La Musique en l'année 1862.* Cette année-là, on avait créé *La Reine de Saba,* un opéra de Charles Gounod. Le critique disait déjà du Théâtre de l'Opéra : « Cette vaste machine aurait grand besoin d'une réforme. » Antoine continua de feuilleter et fut stupéfait de découvrir le compte rendu d'un récital donné par Clara Schumann : « Madame Schumann a clos la séance par une composition des plus étranges de son mari, intitulée *Le Carnaval.* Il serait difficile d'imaginer quelque chose de plus fantasque et de moins musical que cette triste bouffonnerie d'un esprit malade. C'est le rêve troublé d'une imagination fiévreuse qui n'a plus conscience de la liaison des idées. Le public n'a pas laissé ignorer à la grande virtuose le désappointement qu'il éprouvait, et j'ai vu le moment où il aurait déserté la salle si le cauchemar musical de Robert Schumann eût duré une seconde de plus. »

Antoine se sentait surveillé par le bouquiniste mais il poursuivit sa lecture : « Madame Clara

Schumann peut être certaine que son beau talent d'exécution, qui brille surtout par la vigueur et la précision, aux dépens de la grâce féminine dont elle est complètement dépourvue, a été très apprécié à Paris, mais la musique de son mari, qu'elle a essayé de nous imposer, n'a pu vaincre l'indifférence du public et la désapprobation des hommes de goût. » Ce serait la dernière séquence de son film sur les Schumann. Robert est mort depuis cinq ans. Clara veut faire connaître l'œuvre de son mari, bien qu'elle ait composé, elle aussi. Elle a quarante ans. Elle interprète à Paris des œuvres que son mari a créées quand ils étaient heureux ensemble. Rentrée en Allemagne, elle se fait traduire la presse parisienne. Arrive le texte de ce monsieur (Antoine regarda la couverture du livre : P. Scudo). Elle comprend un peu le français. Elle entend « triste bouffonnerie d'un esprit malade ». Le dernier plan du film est un gros plan : le très beau visage de Clara Schumann qui écoute une amie lui traduisant « la grâce féminine dont elle est complètement dépourvue ». Antoine acheta le livre. Le hasard n'existe pas. Il y avait là un signe. Il tournerait un jour un film inspiré par la musique et la vie de Schumann.

Il se reprit : dans son travail, c'était de Géricault qu'il s'agissait, lequel Géricault, contrairement à Schumann, avait aimé plusieurs femmes. L'une d'elles n'avait jamais voulu paraître devant lui sans porter un masque. Géricault l'avait rencontrée à un bal à l'Opéra. Ils se retrouvèrent dans d'autres bals, elle restant toujours masquée. Géricault ne connut d'elle que sa voix et ses costumes. Elle accepta que Géricault lui écrive. Elle faisait prendre les lettres par un tiers qui avait ordre de ne donner aucun nom. Géricault lui écrivit : « Je ne ferai rien contre votre gré pour connaître votre figure, j'attendrai tout de vous. » Alité, fiévreux, quelques mois avant sa mort, il reçut d'elle un paquet. C'était une lanterne magique.

Antoine avait oublié de mentionner cette séquence dans le scénario. Ce scénario ne valait rien. Il le referait. Il voulait aller à la Bibliothèque Nationale et lire le récit du naufrage rédigé par deux des rescapés, dont le chirurgien Savigny. L'ouvrage avait été illustré par Géricault. Le plus important était d'arriver à convaincre les gens de la télévision de produire une œuvre de fiction. André Bazin disait que le film d'art se tient entre le cinéma et la peinture comme le lichen entre l'algue et le champignon. Ces comparaisons n'avaient pas impressionné Antoine dont la mère était botaniste. Il savait que son émission appartiendrait à la fois au documentaire et à la fiction comme les orchidées et les bananes appartiennent à la classe des monocotylédones. Il n'aurait volontiers gardé que les orchidées, c'est-à-dire la fiction, mais qui lui payerait la reconstitution d'un bal à l'Opéra en 1820 ?

Antoine attendait de l'argent qui devait arriver d'un jour à l'autre à la banque. Il inviterait Nivea au Caire. Il y a longtemps qu'ils en parlaient. Il adorerait traîner avec elle dans les souks du Caire qui sont ouverts jour et nuit. Les minarets, les encorbellements, les moucharabieh, les brûle-parfum, tout cela lui donnerait des idées, juste avant le tournage du *Géricault*. Il fallait d'abord que l'argent soit arrivé sur son compte. Il n'osait pas téléphoner à la banque, craignant qu'on lui réponde que son compte était toujours débiteur. Il aurait dû être payé depuis trois semaines. C'était invraisemblable. S'il téléphonait à l'agence comptable de la télévision, on lui dirait que c'était la faute de l'ordinateur.

Antoine passa devant un de ces hôtels de luxe où descendent des personnalités momentanément célèbres qui se font interviewer par la télévision. Il reconnut la camionnette d'un loueur de matériel électrique. On roulait des câbles. Encore une interview dans la boîte. Antoine avait interviewé dans ce même hôtel un biologiste américain qui était sûr que l'humanité devrait se modifier ou disparaître. Il fallait revoir les rapports entre individus. Margaret Mead avait proposé que les contrats de mariage n'excèdent pas une durée de cinq ans renouvelable. Jacques Monod assurait que le destin de l'homme n'est inscrit nulle part. Antoine trouvait que les déclarations des savants étaient ce que Montaigne a appelé du caquet scholastique.

Il se souvint d'une phrase que lui avait dite Nivea : « Quand je serai morte, je ne veux pas que des gens viennent voir mon cadavre. C'est dégoûtant. » Lui, il aimerait qu'on vienne et qu'on l'observe. Il aimerait que son enterrement ait lieu dans une boîte de nuit, avec beaucoup de musique très forte et des couples qui danseraient autour du cercueil.

On ferait d'extraordinaires photos de lui sur son lit de mort. Voilà un bon sujet d'émission : des photos de gens sur leurs lits de mort. Antoine se rappela que, quand il était petit, il aimait suivre les enterrements.

Il entra dans un café. Il ne sut pas quelle boisson commander. Il avait juste envie de s'asseoir, de ne plus bouger et de penser à sa vie.

CHAPITRE 9

Rentré tard à la maison, Antoine trouva Nivea en train d'écouter le nouveau disque des Rolling Stones et elle lui dit : « On va être en retard, on doit aller dîner chez tes parents. » Ils s'embrassèrent. Nivea portait des collants violets et un T-shirt vert vif. Elle entraîna Antoine sur le lit. Vingt minutes après, Antoine téléphona à sa mère pour demander s'il ne fallait rien apporter. Elle pensait qu'ils étaient déjà en route. Ce n'était pas grave s'ils avaient du retard parce qu'elle avait préparé un bœuf mode qui a besoin de trois heures de cuisson minimum et elle l'avait mis sur le feu vers six heures. Elle venait de le regarder et de mouiller avec un demi-litre de vin blanc la viande qui était bien dorée. Antoine proposa d'acheter du vin : ton père y a déjà pensé, il nous sort un de ses grands crus. Il n'avait pas à proprement parler une cave mais il achetait de temps en temps, au hasard de ses promenades, quelques belles bouteilles. Il aimait les vins bien constitués et chaleureux. Antoine apprit que son père avait consulté un cardiologue le matin même et que tout allait bien.

En ce moment, il était en train d'écouter de la musique dans le salon. Il se plaignait souvent de douleurs à l'épaule et dans le bras. Il redoutait une angine de poitrine mais sa femme le rassurait en lui disant que c'était nerveux. Nivea descendit voir si le fleuriste était encore ouvert. Elle revint avec un bouquet d'iris. Dans la rue, Antoine regretta d'avoir perdu sa journée. Il avait projeté d'aller au musée du Louvre revoir *Le Radeau de la Méduse*. Ses parents lui demanderaient où il en était de son projet. Il serait obligé de leur mentir encore une fois, sinon sa mère s'affolerait. Antoine mentait avec facilité comme tous ceux qui donnent à l'imagination la place de la réalité. De temps en temps il faisait de louables efforts pour que son rêve devienne concret. A l'école déjà on le traitait de rêveur. Il avait l'habitude. Il savait que c'était une force : il trouverait toujours un mensonge pour se protéger.

Dans la voiture, pendant que Nivea conduisait, Antoine observa son profil qui se détachait sur la lumière des vitrines. Elle signala à Antoine que son père avait appelé pour s'assurer qu'ils seraient à l'heure. Il lui avait de nouveau parlé de la guerre. Il avait mis en parallèle le sabordage de la flotte allemande prisonnière en 1918, rassemblée dans une baie au nord de l'Ecosse, et celui de la flotte française à Toulon en 1942. Entre les deux guerres, Briand n'avait été qu'un clown. Sa démission avait permis au pays de respirer. Herriot avait été en dessous de tout et juste capable de transférer les cendres de Jaurès au Panthéon. Le service d'ordre avait présenté les armes à des drapeaux rouges.

Herriot avait aussi fait reconnaître l'U.R.S.S. par la France.

A force d'entendre le père d'Antoine, Nivea connaissait tous ces noms aussi bien que ceux des présidents du Brésil. Elle se donna un coup de peigne dans l'ascenseur. Antoine insista pour que ce soit elle qui offre les iris. Ils étaient très en retard et elle se fit toute petite derrière le bouquet de fleurs, regrettant de ne pas avoir acheté un arbuste. La mère d'Antoine lui fit des compliments sur sa coiffure et disparut à la recherche d'un vase. Nivea laissa Antoine aller seul dans le salon où il trouva son père, à peine assis au bord d'un fauteuil, en train d'écouter une suite de Bach pour violoncelle seul. Il referma doucement la porte et resta debout sans bouger. Il n'y avait qu'une petite lampe allumée à l'autre bout de la pièce. Les deux hommes ne s'étaient pas vus depuis un ou deux mois. Antoine trouva son père vieilli. Il avait l'air de flotter dans son costume. Le son du violoncelle était merveilleux. Antoine savait que son père avait dépensé récemment une fortune dans l'achat d'un matériel de haute fidélité. L'instrument avait été enregistré de si près qu'on entendait la respiration du violoncelliste, des reprises de souffle, des aspirations bruyantes par le nez. A cause de son ex-femme violoniste, Antoine connaissait surtout les sonates et les partitas pour violon. Il regarda son père, le corps immobile et le cerveau sans doute bombardé par la musique. Quand le disque s'arrêta, ils s'embrassèrent. Antoine craignit qu'ils n'aient rien à se dire. Son père lui annonça qu'il avait décidé de ne plus écouter d'autre musique

que celle de Bach. Il était persuadé qu'il allait bientôt mourir. Il arrêta Antoine qui protestait, en lui disant que la politesse ou l'affection n'avaient rien à voir avec la présence de la mort. Antoine se pencha vers les étagères : il n'y avait en effet que des disques de Bach. Les autres, lui dit son père, se trouvent dans la chambre : je ne veux pas empêcher ta mère d'écouter ce qu'elle veut. Antoine se rendit compte qu'il était angoissé par les déclarations de son père. Son père lui dit qu'il aimerait écouter avec lui quelques cantates, surtout la 51, peut-être la plus joyeuse. Il ajouta qu'il préférait écouter de la musique avec son fils plutôt que de parler de choses sur lesquelles ils ne s'entendraient pas. Il se sentait, à la fin de sa vie, d'accord avec des idées qu'Antoine rejetait ou méprisait. Il ne voulait pas qu'Antoine s'imagine qu'il devenait gâteux et prenait peur de la vie au moment de la quitter. Du reste, il ne comptait pas la quitter si vite, il se donnait encore deux ou trois ans, calculés d'après les sourires du cardiologue.

La mère d'Antoine cria : « A table ! » A la fin du repas, le père leur demanda une faveur. Il voulait d'abord qu'on sache qu'il avait été très remué par sa visite médicale. Il mit sur la table une bouteille de château-lafite, le plus grand cru rouge du monde. C'était la seule fois de sa vie qu'il avait acheté un vin aussi cher.

Il leur dit qu'il avait relu ces derniers temps toute l'œuvre de Baudelaire et qu'il en était arrivé à se prendre pour Baudelaire : Son sang coule dans mes veines et comme lui, j'ai senti passer le vent de l'aile de l'imbécillité.

Il leur demanda la permission, pendant qu'on boirait le bordeaux, de leur lire un texte. Il avait écrit les souvenirs de Baudelaire, fuyant la solitude qui était la sienne dans le Paris du Second Empire pour se réfugier à Bruxelles. Il sortit de sa poche un carnet à spirales, un petit carnet d'étudiant, et sans se rasseoir il commença :

« Janvier 1866. Je n'ai jamais joui de mes souvenirs que tout seul. J'ai parfois voulu en jouir à deux. Il m'est arrivé de croire aux jouissances du cœur. Je me suis enthousiasmé de temps en temps. Le vrai héros s'amuse tout seul. L'horreur de la solitude et ce besoin d'oublier son moi dans la chair extérieure, c'est ce que l'humanité appelle pompeusement besoin d'aimer. »

Le père d'Antoine précisa que ce texte était un amalgame où il ne savait plus reconnaître la part qui lui revenait et ce qui appartenait à Baudelaire.

Il versa à nouveau à boire à sa femme et continua :

« Je préfère vivre et dormir devant un miroir. Il est vrai que je ne dors plus et que je passe ma vie à souffrir.

« Ce qu'on est convenu de prendre pour la beauté a désormais perdu pour moi bien de son intérêt, ainsi que la volupté, et bien d'autres balivernes. Je voudrais dresser la race humaine tout entière contre moi. J'ai depuis longtemps l'esprit plein d'idées funèbres. Je mourrai plus tôt qu'on ne s'imagine. J'ai eu bien des désirs dans ma vie. Je ne connaissais pas le désir de vomir et de ne plus faire de culbutes. Excepté quand je suis sur le dos, je ne suis pas solide. Même assis, je tombe. On m'a taxé d'indifférence parce que je m'impose un calme artificiel. Cette indifférence n'est que la résignation du désespoir. »

La mère d'Antoine demanda à son mari si cette dernière phrase était de lui. Il cria d'une voix aiguë qui fit sursauter les autres déjà habitués au ton chuchoté qu'il avait pris jusqu'alors : « L'amalgame ! » Sa femme lui dit que ce serait mieux s'il s'asseyait. Il lui obéit et reprit sa lecture :

« J'en suis venu à me cacher sous terre comme un animal : je suis cloué à l'étranger, je m'ennuie mortellement, j'habite en Belgique. Ce petit pays est un bâton merdeux, on y est méchant de la méchanceté des roquets et des bossus. Bruxelles est une ville exécrablement bruyante. Le pavé fait sauter les roues des chariots. Mon unique préoccupation est de savoir chaque matin si je pourrai dormir la nuit suivante. Mes observations tendent à prouver que la sottise belge est une énorme contrefaçon de la sottise française. Les vieux rogatons d'une philosophie d'exportation sont avalés à Bruxelles comme sublimes friandises. On multiplie les congrès, les meetings. A quand le congrès des fœtus ? Le monde est devenu inhabitable pour moi. Théophile Gautier croit que je m'éternise à Bruxelles, où je m'ennuie, pour le plaisir de dire que je m'y ennuie. Je dis qu'on ne pourra plus parler d'horreur sans nom car l'horreur désormais portera mon nom.

« Le jour de l'enterrement du premier roi des Belges, les rues étaient inondées d'urine, c'était du deuil à jet continu.

« Avant de mourir, le roi avait fait jeter à la porte

un médecin l'avertissant que son cas était grave. Le monarque prétendait qu'il n'était pas malade et on a eu soin de faire pour lui des éditions spéciales des journaux, où on ne parlait que de son rétablissement. A la mort de ce roi, les Belges tirèrent des coups de canon pendant huit jours : ils se prenaient alors pour de vrais artilleurs. Ils intronisèrent le roi suivant sur un air d'Offenbach :

> *Le roi barbu qui s'avance,*
> *Bu qui s'avance,*
> *Bu qui s'avance...*

Personne ne s'étonna. Et c'est parmi ces gens que je vis. »

La façon dont son père prononça cette phrase fit mal à Antoine. C'étaient eux qui étaient visés, lui, sa mère, les autres membres de la famille, les amis de son père. Il regarda sa mère : elle était au bord des larmes.

Pendant toute la lecture, Antoine n'avait pas pu s'empêcher de penser que son père aurait pu se trouver sur le radeau de la Méduse. Il avait observé cet homme aujourd'hui âgé, qui n'était plus brillant que par à-coups et qui s'était demandé, pendant la guerre, ce que signifiait, à deux millions d'années-lumière d'une Europe en proie à la peur, l'existence de la nébuleuse d'Andromède et de la galaxie Messier 31 étudiées par Edwin Hubble. Pourquoi son père, qui était capable de comprendre les travaux de Hubble ou ceux d'Einstein, préférait-il maintenant parler au téléphone de bombes sifflantes et de balles traceuses en

concluant que les mots « guerre » et « paix »
avaient cessé d'être différents ?

Il y eut un silence gênant. Antoine vida le fond
de la bouteille de vin dans son verre et le but. Son
père alla prendre du Chivas dans l'armoire et
revint s'asseoir à côté de sa femme qui lui caressa
l'épaule en murmurant des mots qu'Antoine aurait
bien voulu entendre. Il en connaissait le sens. Sa
mère n'avait jamais varié. Elle estimait qu'il était
de son devoir de ramener les gens au calme.
Antoine vit son père se dégager d'un mouvement
brusque et maladroit. Nivea n'avait pas l'air de
savoir où se mettre. Le père d'Antoine se servit un
plein verre de whisky pur qu'il avala d'une traite.
Antoine regretta de voir sa mère caresser de
nouveau le bras de son mari qui se dégagea et dit,
ne sachant plus parler sans crier : « Il n'y a pas que
moi qui vais mourir, la France va mourir ! Vous
êtes des avortons et vous allez apprendre la vérité
de la bouche d'un vieux débile. La maison d'Autriche s'est vengée et se vengera ! C'est la reine de
Bohême et de Hongrie qui va nous exterminer
comme nous avons décapité sa fille Marie-Antoinette. La France a voulu favoriser la Prusse et
anéantir la maison d'Autriche. 1940 a été l'heure de
gloire pour Marie-Thérèse, ses seize enfants et ses
petits-enfants. Un des fils fut le beau-frère de Louis
XVI ! La Pologne était déjà dans le coup. Ce n'est
pas sous prétexte que la fille d'un roi de Pologne a
un jour épousé un roi de France qu'il faut que nous
nous portions caution pour les Polonais. Un de mes
amis me disait que la Pologne est l'enfant qu'on
laisse jouer avec des allumettes.

« La verdure de la Forêt-Noire a été méprisée et la Forêt-Noire s'est vengée en 1940. Nous avons humilié le dernier empereur du Saint Empire romain germanique, le premier empereur héréditaire d'Autriche, nous l'avons humilié jusqu'à le contraindre à donner sa fille en mariage à Napoléon. Marie-Louise de Habsbourg-Lorraine ! L'infamie ! Les Habsbourg-Lorraine dans le lit de l'ogre corse ! La France va payer. Elle paye depuis Vincent Auriol. Souvenez-vous de ce que je vous dis : la maison d'Autriche n'a pas aimé la Révolution française et le nazisme fut le rejeton de la Révolution française. Je vous dis que la Révolution française a engendré un monstre : le nazisme. Evidemment, les jeunes ont oublié tout cela. On ne réfléchit plus. Campoformio, pourtant ! Lunéville ! C'est clair : Marie-Thérèse, sa fille Marie-Antoinette, son fils Joseph II, son petit-fils François II, son arrière-petite-fille Marie-Louise, son arrière-arrière-petit-fils Napoléon II, roi de Rome et duc de Reichstadt, dont on veut nous faire croire qu'il est mort de la tuberculose. Il ne faudra s'étonner de rien. L'histoire n'est pas finie. La vraie histoire, c'est la géographie. Qu'est-ce qu'ils ont fait, en préparant le traité de Versailles ? Des cartes de géographie ! Les Anglais et les Américains, voyant du brun et du vert sur des cartes, ont cru que c'étaient les Italiens et les Grecs quand c'étaient les vallées et les montagnes. Je ne vous parlerai pas ce soir du péché mortel, du péché envers la Russie. Nous les avons obligés à avoir peur de nous. Tout le monde détestait ces Russes qui ne voulaient pas reconnaître les dettes du tsar à qui les petits épargnants français avaient prêté des milliards de francs-or au début du siècle pour construire le si utile Transsibérien. Je vous le dis, ça va drôlement être du joli.

« Je ne vais tout de même pas crever maintenant, nom de Dieu, ce n'est pas le moment, je veux assister à tout. Je veux voir l'Armée rouge à Biarritz. La psychiatrie remplacera le Code civil ! »

Ce fut Nivea qui réagit la première. Antoine la vit repousser sa chaise et se lever. Elle annonça qu'elle allait mettre le lave-vaisselle en route et elle demanda à Antoine de l'aider à finir de débarrasser. Ils disparurent dans la cuisine où la mère d'Antoine les rejoignit.

Elle leur montra ses plantations de pois de senteur. Dans la cuisine, elle étudiait l'hérédité en mosaïque des pois à graines lisses et à graines ridées ou bien à graines jaunes et à graines vertes. Elle compliquait la situation en croisant une variété de pois à graines lisses et jaunes avec des pois à graines ridées et vertes. Les caractères lisses et jaunes étant dominants, la deuxième génération éliminait les rides et le vert qui réapparaissaient à la troisième.

Antoine était persuadé que la séance de ce soir avait été voulue par son père pour blesser sa mère. Dans la voiture, il expliqua à Nivea que son père ne s'était pas contenté de lire les passages prétendument baudelairiens à propos de Bruxelles dans le seul but de les divertir. Le père d'Antoine avait eu, sept ou huit ans auparavant, une liaison avec une Belge d'une quarantaine d'années qu'il allait souvent rejoindre à Bruxelles. Antoine n'était même pas sûr que cette liaison soit terminée. Un jour son père lui avait téléphoné de là-bas : il avait eu un malaise et n'osait pas rentrer seul à Paris. Antoine l'avait rejoint dans un grand hôtel du centre de la capitale belge. La chambre, au dernier étage, donnait sur une rue piétonnière et dominait une partie de la ville. On voyait la flèche de l'Hôtel de Ville et une partie de la fameuse Grand-Place. Son père lui avait donné des renseignements qu'il tenait sans doute de sa maîtresse. La Grand-Place avait été bombardée par l'armée française, sous Louis XIV. L'événement tenait en une phrase dans les *Mémoires* de Saint-Simon. Il avait fallu tout reconstruire. Un ébéniste italien s'était improvisé architecte et avait dessiné deux façades comme si c'étaient des meubles.

Son père avait supplié Antoine de rester près de lui tout en lui demandant de s'en aller en fin d'après-midi quand la Belge arriverait. Elle s'appelait Marie-Christine et elle était professeur de dessin. Ils étaient descendus tous les trois au bar de l'hôtel. Marie-Christine avait de grosses jambes mais des traits assez fins. Antoine était rentré à Paris le soir même. Son père lui avait payé le retour en T.E.E., première classe et supplément.

Antoine avait vu suffisamment de pièces de théâtre pour savoir que le héros est celui qui lutte avec son père et finit par le vaincre. A quoi aurait servi cette victoire ? A quoi bon se prendre pour un personnage de Sophocle ou de Shakespeare ? Un père qui se prend pour Charles Baudelaire suffisait dans la famille.

Nivea avait aimé cette soirée et elle avait trouvé

le père d'Antoine formidable. Elle plaignait la mère. Antoine lui parla de Freud qui avait écrit que les enfants aimés avec prédilection par leur mère conserveraient toute leur vie de l'aplomb et une hardiesse qui reste rarement sans amener le succès. Le succès tardant à se manifester, Antoine se demandait si sa mère l'avait aimé, bien que Freud ait échafaudé sa théorie sans prendre de risques puisqu'il l'appliquait à Goethe. Antoine préférait s'en tenir au premier vers d'un poème d'Hô Chi Minh : « L'assurance au départ rend l'issue incertaine. »

Au moment d'éteindre la lumière, Antoine dit à Nivea qu'il voulait l'inviter à passer quelques jours en Egypte. Ils remonteraient le Nil en bateau. Il avait toujours eu envie de partir là-bas avec elle.

Il irait chercher l'argent demain à la banque et ils pourraient s'en aller dès qu'elle voudrait.

CHAPITRE 10

Antoine fut réveillé plusieurs fois dans la matinée, d'abord par un cauchemar qui lui permit de mesurer les progrès qu'il avait faits : pendant des années, il rallumait la lumière et sortait de son lit pour noter ses rêves. Ce sont les narcissiques qui sont fiers de leurs rêves. Maintenant, Antoine s'empressait de les oublier, sans toujours y parvenir. Il n'était plus un névrosé auto-érotique incapable de renoncer aux productions de son psychisme.

La sonnerie du téléphone l'avait tiré de son lit. On lui réclamait, à neuf heures et quart du matin, d'autres pages sur Géricault. Son scénario était trop court. Il avait répondu qu'il voulait revoir *Le Radeau de la Méduse* au Louvre et que, d'ailleurs, il comptait y aller cet après-midi. A son avis, les pages manquantes n'empêchaient pas de commencer à préparer le tournage.

Il s'était recouché et il avait trouvé un mot de Nivea. Elle lui donnait les téléphones des endroits où elle serait dans la journée. Elle rentrerait vers huit heures du soir et elle demandait à Antoine de faire des courses. Elle voulait dîner à la maison. Au début de leur vie en commun, Nivea laissait à Antoine des mots plus enflammés, qui commençaient par *Oh sweetheart bluemoon darling baby*.

Antoine aimait regarder l'écriture de Nivea. Elle donnait aux « s » une forme enroulée en spirale qui lui rappelait certains motifs baroques des grilles en fer forgé dans les églises de Salzbourg. Les grands-parents maternels de Nivea étaient autrichiens. Elle leur devait ses yeux clairs. Ils s'appelaient Ludwig et Maria Resch et ils avaient émigré au Brésil après l'assassinat de Dollfuss en 1934. Le grand-père était marchand de journaux et les nazis avaient essayé de le recruter. Les marchands de journaux pouvaient servir leur propagande et répandre les idées nouvelles puisqu'ils avaient des contacts avec beaucoup de personnes différentes. Le grand-père de Nivea, ayant refusé d'être un agent des nazis, avait assisté au saccage de son magasin.

Antoine n'était jamais allé à Vienne. Pour lui, c'était la ville où Vivaldi était venu mourir, pauvre et oublié, la ville où Mozart, deux mois avant sa mort, avait mangé des carbonades de lièvre, dînant seul aux chandelles avant d'assister à une représentation de *La Flûte enchantée* et de monter sur scène pour faire des farces aux chanteurs, la ville où Gustav Mahler et Alban Berg étaient morts tous les deux d'un empoisonnement du sang. A l'âge de dix-huit ans, Berg avait tenté de se suicider deux fois. Peu de temps avant sa mort, on lui fit des transfusions de sang et il disait qu'avec ce nouveau sang viennois, il allait composer des valses et des opérettes.

Le téléphone avait de nouveau sonné. La sœur d'Antoine venait d'appeler chez les parents et sa mère lui avait raconté ce qui s'était passé la veille. Elle voulait connaître le point de vue d'Antoine qui n'avait pas envie d'en reparler si tôt. Sa sœur aussi avait reçu des coups de téléphone pendant lesquels leur père disait qu'entre les deux guerres les Allemands avaient signé un pacte secret avec l'Armée rouge et avaient entraîné leurs soldats en Russie où ils faisaient fabriquer à leurs frais du matériel de guerre interdit.

Antoine pensait que leur père, par le biais de ces discours, cherchait à dissiper les doutes qu'il avait sur sa naissance et assumait comme il pouvait le fait d'avoir un père-fantôme. C'était Hamlet devenu vieux. Sa sœur se moqua de lui. Pour elle, leur père essayait de s'adapter à un milieu toxique et avait trouvé ce moyen d'échapper à sa femme. Antoine avait écourté la conversation.

A midi, il se souvint de la banque. Il fut prêt en deux secondes. Pourvu que l'argent soit là. Il s'était rasé avec soin au-dessus de la baignoire, Nivea ayant mis un chemisier à tremper dans le lavabo. Les premières fois qu'il s'était rasé, il n'avait pas encore de barbe et jouait en cachette avec le rasoir électrique de son père. Ensuite son père avait voulu le raser lui-même et lui avait promené sur la figure un rasoir assourdissant. Plus tard, Antoine l'avait raconté à sa psychanalyste. Un des bénéfices qu'il retira de sa cure fut la découverte des joies du rasoir à lame.

Quand il enseignait, il arrivait avec une barbe de deux ou trois jours. Il soignait une image de

marque de professeur déroutant. Ses derniers cours
avaient été les meilleurs : un chant du cygne. Il
s'était mis à parler de la correspondance des grands
écrivains, terminant l'année avec l'étude des lettres
de Van Gogh. Il avait montré comment les fautes
de grammaire dont ces lettres sont pleines contri-
buaient à préciser la pensée et à faire naître
l'émotion.

De ces cours, Antoine aurait pu tirer un livre. Il y
avait pensé. Il avait craint que les citations ne
soient plus brillantes que ses commentaires. Agnès
lui avait dit qu'André Gide ne s'était pas posé tant
de questions en publiant ses conférences sur Dostoïevski, aux vues rapides et dépassées depuis. Le
livre était toujours en librairie. Antoine avait dit
qu'il n'était pas André Gide. Comme tant de
professeurs, Antoine avait essayé d'écrire un
roman. Il avait pris un congé sans solde et acheté
une machine à écrire. Il s'était servi de mots
anciens qu'il trouvait dans Rabelais ou Scarron,
comme « ventru », « fessu ». Agnès lui avait fait
remarquer que : « Elle a un gros cul » était beaucoup plus joli que « une fille fessue ». Il n'avait pas
persévéré. Comme tout cela paraissait loin.
Antoine ne voulait pas admettre que l'art soit
considéré comme une des plus hautes occupations
de l'esprit humain. Il ne rêvait pourtant de rien
d'autre.

Il aurait voulu être peintre. Il avait commencé
très jeune à dessiner des arbres au lieu de faire la
sieste pendant les grandes vacances. Son père lui
avait payé des cours particuliers quand il avait
quatorze ou quinze ans. Au bout de quelques

semaines, on lui avait interdit de revoir son professeur. Plus tard, Antoine avait compris que son père redoutait que le professeur ne soit pédéraste.

Etre peintre, c'était pouvoir être sale. On apprend aux enfants à être propres, on leur interdit de crayonner partout. Antoine pensait que les tableaux étaient la revanche de quelques adultes sur cet apprentissage de la propreté. Depuis peu, il s'était mis à aimer les peintures de Soutine. Soutine allait dans les abattoirs. Il s'était fait livrer un bœuf entier pour le peindre. Après quelques jours, le tableau n'étant pas terminé, il avait acheté des litres de sang pour en asperger la carcasse du bœuf. Il n'aimait pas ses toiles mais il les trouvait supérieures à celles de Modigliani et de Chagall et il disait : « Moi j'assassinerai un jour mes tableaux alors qu'eux ils sont trop lâches pour en faire autant. » Il avait peint à plusieurs reprises un platane qu'il comparait à une cathédrale. Au moment de mourir des suites d'une perforation intestinale, Soutine avait demandé un rasoir. Il ne voulait pas se présenter dans l'autre monde avec une barbe hirsute.

Quand Antoine arriva à la banque, il y avait la queue au guichet. Il se sentait nerveux. Se trouvait-il en état d'excitation maniaque légère ? Il venait chercher de l'argent et il n'était pas sans savoir que l'argent et la libido entretiennent des rapports contraignants. Il essaya de repartir en rêve pour Marrakech dans des rues écrasées de soleil.

Une femme se glissa devant lui dans la file. Elle se retourna et il n'eut pas la force de la regarder. Elle avait un goitre et la salive, mal retenue par ses lèvres flasques, coulait sur son menton. De dos, elle avait l'air jeune et bien faite. Antoine se surprit à attendre qu'elle se retourne encore. Il avait jadis réuni des photos de monstres pour un documentaire que la télévision avait refusé de produire. Il avait lu une thèse sur Cheng le gai et Eng le triste, les deux frères siamois qui étaient vraiment nés au Siam. Ils avaient épousé deux sœurs et s'étaient retrouvés pères, l'un de cinq enfants, l'autre de six. La vie conjugale de ces deux couples était un sujet fascinant, sans parler de l'ambiance dans laquelle avaient dû grandir les onze enfants. Comme disait un biologiste, le principal environnement de l'homme, ce ne sont pas les espaces verts mais les autres hommes.

Antoine s'impatienta. Il avait hâte d'avoir l'argent dans sa poche, de se renseigner sur les départs pour l'Egypte et de rédiger en vitesse un deuxième scénario. Il avait retrouvé les phrases de Michelet accusant Géricault de s'être laissé mourir parce qu'il croyait à la mort de la France au lieu d'avoir eu foi dans l'éternité de la Patrie. Les premières esquisses du *Naufrage,* bien plus touchantes, selon Michelet, que la version définitive du *Radeau,* témoignaient de la force de cœur qui était en Géricault. Les esquisses en question montraient les naufragés en train d'être sauvés par l'équipage d'un autre navire et Antoine pensait au contraire que le trait de génie de Géricault avait été de renoncer à illustrer le dénouement plus ou moins heureux du drame pour choisir de peindre un groupe d'hommes en mauvaise posture, pas encore morts et pas encore sauvés. Sur ce radeau, les survivants se divisaient en deux groupes : ceux qui espéraient et ceux qui se résignaient. Antoine aimait l'expression « les désenchantés silencieux », des désenchantés qui n'avaient pas renoncé à être actifs. Ce serait bien de retrouver la citation exacte pour la mettre dans le commentaire, à moins qu'il ne trouve une solution plus excitante qu'un commentaire. Peut-être pourrait-il enregistrer des voix qui prononceraient une série de phrases à des niveaux différents allant du chuchotement à l'éclat de rire, et qui donneraient un aperçu de tout ce qui a été prononcé devant *Le Radeau de la Méduse* depuis qu'il est exposé ? Ce serait même un truc pour faire comprendre le temps qui passe.

Les conseils donnés à titre posthume par Michelet à Géricault rappelaient à Antoine ce que lui avait parfois dit son père : « Il devait s'obstiner à vivre, espérer, croire, aimer. Il devait, au lieu de mourir, augmenter, étendre la vie. » La phrase la plus terrible était alors celle-ci, qu'Antoine avait soulignée : « Une grande carrière l'attendait. » Comme si ce n'avait pas été assez de peindre *Le Radeau de la Méduse* ! Le père de Géricault avait été traité de poule qui avait couvé un aigle. Ce père, avocat à Rouen, était venu gagner plus d'argent à Paris dans une manufacture de tabac et n'avait pas accepté que son fils devienne peintre. La mère venait de mourir et il avait fallu qu'un oncle maternel insiste et fasse pression pour que l'adolescent puisse s'inscrire à un atelier de peinture. Le même oncle avait invité son neveu dans sa propriété de Versailles où le jeune Géricault peignit les chevaux des écuries impériales et devint l'amant de sa tante. Il avait dix-neuf ans et elle vingt-cinq, l'oncle en ayant cinquante-trois. Huit ans plus tard, la tante accouchera d'un fils qui sera déclaré « né de père et de mère non désignés ». Le père de Géricault, se doutant qu'il était devenu grand-père, s'occupera de l'enfant. Entre-temps le peintre avait séjourné en Italie pour étudier la peinture et pour atténuer le scandale de cette liaison. On le disait aussi amoureux d'une autre femme mariée. Il allait souvent voir des prostituées, préférant les filles « en numéro » aux filles « en carte ». Antoine avait recopié une série de « noms de guerre » que se donnaient les prostituées à l'époque de Géricault : Poil-Ras, Poil-Long, Peloton, Faux-Cul, Bourdonneuse, Belle-Cuisse, Crucifix. Il y avait des prénoms plus snobs : Balzamine, Azélina. Les filles en numéro étaient celles qu'on appelait par un numéro dans les maisons publiques, tandis que les autres, en carte, vivaient seules dans des garnis et étaient assujetties à des contrôles sanitaires indiqués sur une carte. Antoine avait pris note de ces détails afin d'introduire des séquences de fiction dans le documentaire sur Géricault : il souhaitait filmer le peintre jouant au loto et buvant du punch en compagnie d'une Azélina qu'il payait avec l'argent que lui donnait son père. Ou bien la fille se serait appelée Crucifix : quel comportement avait pu valoir ce sobriquet à une jeune femme ? Est-ce parce que, déshabillée, elle ne se séparait pas d'une croix qu'elle portait en sautoir ? Faisait-elle l'amour en mettant les bras en croix ? Avait-elle des prêtres comme clients, un prélat comme amant ? Parfois, à leurs surnoms, les filles publiques ajoutaient celui qu'elles donnaient à leur amant. Il leur arrivait, entre elles, de parler de ces amants en les appelant des « paillassons ».

Il était probable que la première femme avec qui Géricault avait couché était sa tante. Venait-elle le rejoindre pendant qu'il peignait à Versailles les chevaux favoris de Napoléon ? Elle était déjà la mère d'un petit garçon de deux ans qui deviendra député sous le Second Empire. Le fils qu'elle aura de Géricault sera plutôt simple d'esprit. Son troisième garçon mourra interné dans une maison de santé. Antoine avait compris depuis longtemps que la vie de Géricault, prise par n'importe quel bout, amenait à parler de folie, de mort et de désespoir. Avant de s'intéresser au naufrage de *La Méduse*, Géricault avait réuni de la documentation sur la mort d'Antoine Fualdès, magistrat assassiné à Rodez par un agent de change qui ne voulait pas le rembourser. Le débiteur s'était fait aider par son beau-frère et le procès des deux meurtriers avait remué la France de la Restauration. Géricault avait fait cinq esquisses de la scène du crime, et sur la photocopie d'un article de 1924 intitulé *Géricault, peintre d'actualité*, Antoine avait coché la phrase : « Géricault eût été l'un des assassins, qu'il n'aurait pu être plus exact ! »

Antoine se rappela le budget ridicule dont il disposerait pour son émission. Il aurait voulu reconstituer la vie de Géricault, ce qui ne pourrait jamais se faire pendant les quelques jours de tournage prévus, sans compter les frais de décors par exemple. L'émission deviendrait alors un film de fiction, ce qu'Antoine était le seul à oser envisager. On lui avait commandé un documentaire de type classique et son scénario aurait déjà dû être écrit et livré : quelques pages, plan général de chaque tableau, fondus enchaînés, plans moyens des personnages, détails en gros plan, quelques documents annexes. Commentaire, musique, fini. N'importe qui aurait pu réaliser cette émission. Antoine rêvait d'une œuvre qui lui ressemblerait et s'il voulait y arriver, il était temps qu'il se secoue.

Arrivée au guichet, la femme au goitre parla avec une belle voix chaude qui surprit Antoine. Il avait déjà sorti son carnet de chèques. Sept mille francs suffiraient. Nivea avait des réductions sur le prix des billets d'avion et il pourrait les payer en rentrant. Il fit une demande de position. Le virement n'était pas arrivé.

C'était contrariant. La révolution informatique modifiait les projets d'Antoine. Le voyage au Caire était immolé sur l'autel de la computerization ! L'employée appuyait sur des touches. C'était non. Antoine n'avait pas d'argent. Il se rappela que dans l'Inde ancienne, le créancier obligeait son débiteur à s'acquitter en venant jeûner devant sa porte. Il arrivait que le débiteur cherche à ne pas rembourser sa dette en jeûnant à son tour.

Entre-temps, le directeur de l'agence, lui, était parti déjeuner. Antoine tenta de négocier un découvert raisonnable avec un autre responsable qui finit par répondre que rien ne lui prouvait que la télévision verserait la somme en question sur le compte qu'Antoine avait chez eux. C'était toujours la même chose, la *sempiternitas* des Romains : l'argent n'arrivait jamais à la date prévue. Antoine serait encore obligé d'emprunter. Il avait écrit deux lettres pour éviter ce retard, une au chef d'atelier, l'autre à l'administrateur du service. Quand ils recevaient une lettre, ces gens répondaient qu'ils l'avaient bien reçue et qu'elle avait retenu toute leur attention. Ils ne prenaient pas la peine de joindre à leur réponse le chèque demandé. Ils préféraient signer des lettres que des chèques.

Ils appréciaient le ton soumis avec lequel on leur remettait en mémoire des sommes qu'il était dans leur intention de payer le jour où cela leur conviendrait. Antoine n'était pas content. Il réussit à soutirer dix pour cent de ce qu'il demandait, soit sept cents francs, au banquier. Il exécrait ces gens-là.

Il avait l'air malin avec ses sept cents francs. Il n'avait plus qu'à rentrer chez lui et travailler. La colère l'aiderait à trouver des idées.

CHAPITRE 11

Ils auront le scénario définitif demain, décida Antoine. Il se sentait prêt à travailler toute la nuit s'il le fallait. Il voulait se débarrasser de ce projet. Ensuite il ne travaillerait plus jamais pour la télévision. Il marcha en direction du Pont-Neuf, troublé par les klaxons, les coups d'accélérateur, les mobylettes et toute la ferraille. Il allait au musée du Louvre. Il voulait voir *Le Radeau de la Méduse*.

Les voitures empestaient l'atmosphère. Il pénétra dans le musée, en proie à une tension de plus en plus vive, la tête dans un étau, les jambes molles, marchant vite pour éviter de tomber. Il se sentait démoralisé. Il avait essayé d'appeler Nivea depuis une cabine publique. C'était occupé. Il avait composé d'autres numéros de téléphone et pendant que son doigt faisait tourner le cadran, il avait pensé qu'il allait mourir et que la personne qu'il appelait serait la dernière à qui il aurait parlé, puisque la mort devait survenir pendant le coup de téléphone. Il avait raccroché. Personne n'avait répondu. Les gens n'étaient pas chez eux.

Il pensa à la réponse d'un homéopathe qu'il

avait consulté quelques jours auparavant en se plaignant de spasmes autour de la glotte, qui lui donnaient le sentiment d'étouffer et qu'il avait qualifiés d'auto-étranglement. Le médecin lui avait fait craquer la colonne vertébrale avant de conclure : « Vous êtes mille fois trop réactionnel. » Antoine lui avait raconté sa vie pendant une heure.

En montant l'escalier qui conduit vers la Victoire de Samothrace, Antoine crut de nouveau s'évanouir. Il avait l'impression de faire du surplace et surtout, arrivé presque en haut, il avait cru que l'escalier, au lieu de continuer à monter, descendait. Il avait alors ralenti et s'était rapproché de la rampe en prenant soin de rester sur la même marche et de ne pas lever les yeux. Il n'avait eu qu'à se déporter d'un mètre ou deux sur sa droite mais il était sûr d'avoir consacré un bon quart d'heure à ce déplacement, bousculé presque méchamment par des groupes de visiteurs.

Il essaya de se raisonner. Il s'était déjà dit cent fois qu'on n'exigeait pas grand-chose de lui et qu'il ne fallait pas qu'il en fasse une montagne. Un documentaire passe-partout diffusé à une heure de faible écoute n'avait pas de quoi effrayer son auteur. Antoine avait du métier et on lui avait même reconnu à l'occasion une certaine maîtrise. Il n'avait rien à craindre. Il s'inventait des ennuis, se créait des peurs de toutes pièces et presque par plaisir. Il releva brusquement la tête. Il venait de penser : « Je suis l'acrobate de mes angoisses. » Cette idée lui fit du bien et il monta quelques marches de plus. Il savait qu'il n'était pas obligé d'aller jusqu'au sommet de l'escalier et qu'il y aurait bientôt un palier lui permettant de tourner à droite. Il se rappela qu'il y aurait alors un autre escalier à affronter, heureusement moins haut et moins large. Il pourrait peut-être l'éviter en faisant un détour par le couloir où se trouvent les Primitifs italiens et allemands.

Il pensa qu'il ferait mieux de renoncer pour cette fois et de revenir en ayant au préalable avalé quelques calmants. Il se débrouillerait pour se faire faire une ordonnance. Il y avait longtemps que même le Librium n'était plus en vente libre, ni l'Optalidon. Il aurait besoin de deux comprimés de Valium 10 mg pour revenir au Louvre dans le calme. Sa sœur, mariée à un médecin, lui donnerait un tube d'échantillon. A quoi bon retomber sous l'emprise des médicaments ? Dans le temps, il avait préféré renoncer à des voyages, rater des trains ou des avions, plutôt que de partir sans ses provisions de tranquillisants. Aujourd'hui je suis guéri, pensa-t-il, j'ai une cuirasse. Cette cuirasse le protégeait trop. Elle l'aidait à avoir réponse à tout. Il avait lu des livres entiers là-dessus, lectures décevantes parce qu'il y cherchait la définition de son propre cas et ne trouvait que des généralités prudentes malgré l'audace de quelques détails. Il leva les yeux sur la Victoire de Samothrace et se dit : « Cette fois, je suis fichu » parce qu'il venait de voir la statue environ dix fois plus grande qu'en réalité et penchant dangereusement vers lui. Pendant quelques secondes, ses paupières furent agitées par un tic nerveux et se mirent à battre si vite que tout scintilla devant lui comme de la lumière projetée sur un écran blanc. Où avait-il lu que certains névrosés vont sans cesse d'objet en objet et ne supportent pas les séjours dans les espaces vides ? Ces espaces vides n'étaient que des substituts du liquide amniotique de l'utérus maternel. Tous ces mots dans le cerveau d'Antoine menaient une espèce de sarabande. Qu'est-ce qu'une sarabande ? Il avait été professeur de français pour rien puisqu'il ne trouvait plus la définition du mot, un mot qui ne venait pas du grec ni du latin.

La Victoire de Samothrace avait rapetissé. Allait-elle battre des ailes comme une chauve-souris ? Antoine avait passé des vacances près de Briançon et il avait joui d'un statut spécial pendant tout le séjour, ayant été le seul, parents et enfants confondus, à ne pas avoir peur des chauves-souris. Il en avait apprivoisé une en cachette et lui donnait du lait en utilisant le biberon de la poupée de sa sœur. Il s'était fait offrir un livre sur les animaux des Alpes et il avait sauté les pages décrivant les chamois, les hérissons et les martres, pour lire les paragraphes insuffisants consacrés aux pipistrelles, aux oreillards et à la chauve-souris géante, assez fréquente dans tout le pays alpin, volant dans les rues et les allées, lentement et maladroitement. Celle qu'il avait capturée appartenait à la race des Vespériens noirs, dite aussi chauve-souris naine, qui se repose sous les toits des chalets et dans les caves. Le jour, il la cachait dans une table de nuit et la remettait en liberté dans sa chambre quand tout le monde dormait. Elle couinait et il lui parlait. Il n'avait jamais su comment elle avait réussi à s'échapper. Il avait fait beaucoup de choses intéressantes quand il était enfant. L'enfant est capable de

162

croire qu'il n'y a pas de désaccord entre lui et le monde qui l'environne.

Antoine fit un violent effort pour reprendre sa progression. Il avait eu la force de compter les marches qui le séparaient de la plate-forme qui lui permettrait de quitter l'escalier central, de se soustraire à l'influence de la statue et de marcher vers la toile de Géricault. Pourquoi cet homme était-il né et avait-il choisi de peindre ? Il empoisonnait la vie d'Antoine qui se sentait prêt à tourner des documentaires-fleuves sur n'importe qui d'autre, sur Ingres par exemple. S'il arrivait en haut de l'escalier, il irait voir *Le Bain turc* qui était, en tout, le contraire du *Radeau* : un tableau minuscule et on pouvait se demander pourquoi Ingres avait décidé de faire tenir tant de femmes nues dans si peu d'espace. Il devait y en avoir vingt-quatre. Géricault n'avait peint que des hommes, une vingtaine aussi, mais les siens étaient plus grands que nature tandis que les femmes d'Ingres s'entassaient dans moins d'un mètre carré. Antoine imagina la rencontre des deux groupes, les naufragés de *La Méduse* et les odalisques du *Bain turc,* les uns peints par un garçon de vingt-sept ans, les autres par une gloire nationale, M. Ingres âgé de quatre-vingt-deux ans. Au montage, cela aurait permis des raccords amusants, mais c'était une de ces mauvaises idées qu'on a quand on ne sait pas quoi faire.

Antoine avait appris récemment qu'un de ses meilleurs amis avait dit de lui dans une soirée : « Il rate tout ce qu'il fait. » Persuadé que tout ce qu'on dit à propos de quelqu'un a des répercussions sur lui, Antoine avait été effrayé. La phrase « il rate tout ce qu'il fait » l'avait blessé. Si vos proches estiment que vous ratez ce que vous faites, quelle chance avez-vous de vous en sortir ? Antoine aurait pu prétendre qu'il ne voyait pas de différence entre le raté et le réussi. Sa démarche étant expérimentale, il pouvait se payer le luxe d'échouer. Antoine en train d'avancer vers un tableau qu'il n'oserait peut-être jamais regarder alors qu'il était censé le filmer, en apprenait autant sur lui-même et sur la conduite de sa vie que s'il s'était dirigé du premier coup et d'un pas franc vers la célèbre toile en question.

Il détesta cette toile, comme il aurait fait avec un être humain : les rapports amour-haine, le jeu des impulsions, la confiance et la méfiance. Il paraît qu'on s'accroche par simple peur. On a peur de perdre ce qu'on aime et on commence à détester l'autre parce qu'on dépend de lui. Antoine crut que son intelligence refusait de fonctionner parce qu'il avait peur de découvrir les causes de son trouble et de tomber juste, par-dessus le marché. Qu'est-ce qui l'avait poussé à s'occuper de ce naufrage de *La Méduse* ? Il aurait pu refuser puisqu'au même moment on lui avait proposé un documentaire sur l'architecture romane en Provence. Il aurait été au grand air, il aurait visité des abbayes, il aurait changé d'hôtel tous les jours et il aurait essayé de coucher avec l'assistante ou la scripte. Il avait préféré s'occuper d'un peintre mort avant d'avoir tenu ses promesses et n'ayant peint ou projeté de peindre que des désastres, des défaites, des assassinats, des membres humains coupés et pourrissants, des pendus, des suicidés.

Antoine eut l'impression que ses jambes s'enfonçaient dans quelque chose de gluant et d'élastique mais quand il avait osé regarder le sol pour vérifier, il n'avait vu, bien entendu, que le parquet du Louvre. Il ne se sentit pas le courage de pénétrer à l'intérieur de la galerie où se trouvait accrochée l'immense toile de Géricault, comme si la décision de traverser l'espace qui le séparait du tableau qu'il était venu voir était une décision trop difficile à prendre. Chaque fois qu'il se dit : « Maintenant, j'y vais », il fut victime d'une sorte de paralysie mentale brève que sa volonté n'arrivait pas à vaincre et qui l'inquiétait. Il finit par se réfugier dans la grande salle des tableaux italiens où est exposée *La Joconde* et où il se sentit tout de suite mieux.

Une jeune fille qui portait une blouse bleue à col pressionné sur l'épaule et une jupe droite noire découvrant ses genoux, assise derrière une table où elle louait des machines permettant d'écouter des commentaires enregistrés en plusieurs langues, lui parut plus belle que toutes les femmes peintes autour d'elle. Il eut envie de le lui dire. Il tourna autour d'elle et il aurait aimé que quelque chose d'impossible se passe, par exemple lui embrasser les genoux. Il ne réussit qu'à se faire prendre pour un importun ou, ce qui était un comble dans un musée, pour un voyeur. Elle avait de longues jambes. Antoine, très vite ému par les jambes des femmes, se demanda combien d'hommes étaient comme lui et aimaient embrasser les chevilles de leurs partenaires avant de s'occuper du reste du corps.

Il se retrouva tout à coup en train de regarder quelqu'un dans les yeux. C'était l'autoportrait de Poussin, un bon gros moustachu qui ne communiquerait jamais ses secrets à personne. Antoine se rendit compte qu'il errait dans le musée du Louvre depuis des heures. Il ne lui restait plus beaucoup de temps avant la fermeture s'il voulait vraiment voir *Le Radeau de la Méduse*. Il avait mal aux jambes. Il n'aurait pas le temps de repasser par la salle de *La Joconde* où il aurait aimé revoir la belle distributrice d'écouteurs. Il aurait peut-être trouvé la force de lui parler. Il lui aurait confié qu'il se prenait pour l'acrobate de ses angoisses. Dans le cirque, l'acrobate est accueilli au sol par une jeune femme en maillot pailleté qui lui sourit et l'embrasse.

Il s'agissait d'abord de tuer la Méduse comme Persée dans la légende. Il exagérait et n'avait pas besoin de rameuter la mythologie grecque pour tourner une émission de télévision. Se comparer au fils de Zeus et de Danaé !

Antoine, arrêté à l'entrée de la salle où il avait jeté un rapide coup d'œil, à gauche, sur les Courbet et les Delacroix, sachant que *Le Radeau de la Méduse* l'attendait plus loin à droite, comprit qu'il venait d'avancer comme un automate et qu'il se trouvait presque collé au tableau de Géricault. Il s'approcha et regarda l'angle inférieur du cadre puis se risqua à observer tout le tableau qui lui parut écrasant. Il aurait fallu qu'il recule de plusieurs mètres pour le voir en entier. Il avança le long du cadre et se trouva en face de la cuisse du mourant qui occupe le coin inférieur droit et qui a été posé au dernier moment par Delacroix. Il leva la tête :

les corps déformés par la perspective n'avaient rien à voir avec les petits personnages qu'Antoine s'était habitué à observer sur les différentes reproductions qu'il avait chez lui. Antoine, au bout de plusieurs minutes qu'il passa, immobile, hébété, heureux, n'en revenant pas d'être là, se retourna, dérangé par le passage incessant d'autres visiteurs. Il avait pris l'habitude d'être seul, penché sur les reproductions dans ses livres et n'avait pas pensé que d'autres que lui puissent s'arrêter devant le *Radeau*. Ces gens le dérangeaient. Les couleurs voyantes de leurs vêtements contrastaient avec le tableau sombre et presque monochrome. Antoine se dit qu'il faudrait qu'il intègre cela aussi à son film. C'était la réalité. Il faudrait que le spectateur soit, comme lui, choqué par l'irruption de ces gens qui gênaient.

Il regarda le tableau comme s'il le découvrait pour la première fois. Géricault obligeait le spectateur à se prendre pour un des naufragés. La trouvaille, pour qu'on s'identifie aux naufragés, avait été d'obliger à regarder comme eux l'horizon où on distinguait à peine le navire qui allait les sauver et vers lequel ils faisaient des signes peut-être inutiles. Sur la toile de six mètres de long, ce bateau ne faisait pas plus de trois ou quatre centimètres. Il fallait, comme les naufragés eux-mêmes, écarquiller les yeux pour l'apercevoir. Il était moins gros que la phalange des doigts des personnages.

Antoine ne comprit pas pourquoi les directeurs du musée n'avaient pas fait accrocher à côté de la toile les deux esquisses qui étaient dans les collections du Louvre. C'était trop simple, évidemment.

Il était prêt à leur écrire une lettre de réclamation mais il aurait besoin d'eux s'il arrivait à convaincre la télévision de filmer *Le Radeau* en prises de vues réelles au lieu de se contenter de diapositives. Là, en revanche, ce ne serait pas simple. Il faudrait construire un échafaudage qui permette à l'objectif de la caméra et au tableau de rester strictement parallèles. Il faudrait aussi engager un excellent directeur de la photographie qui puisse recréer une lumière d'atelier et qui aurait à lutter, c'était couru d'avance, contre une série de règlements destinés à protéger les peintures contre toute lumière artificielle.

Antoine se sentit plus calme. Il commençait à entrevoir certains problèmes techniques qui l'énerveraient et il aimait se sentir énervé. Les problèmes le galvanisaient dès qu'il arrivait à les formuler et à les regarder en face. Le film lui-même et ce tableau qui, au fur et à mesure qu'il le regardait, lui paraissait de plus en plus infilmable, c'était une autre question. Il regretta de ne pas avoir choisi un autre peintre. Tous les tableaux qui l'entouraient lui paraissaient plus faciles à montrer, le *Sardanapale* de Delacroix derrière lui, *L'Atelier* de Courbet, *Le Sacre de Napoléon* par David. Il ne s'en sortirait jamais.

La nuit tomba pendant qu'Antoine se promenait dans les Halles. Il n'avait pas eu envie de rentrer tout de suite chez lui et il avait préféré marcher pour essayer de comprendre ce qui lui arrivait. Son père lui aurait parlé de psychologie différentielle. C'était, avant que son père ne déraille, un de leurs sujets de discussion favoris. Son père ne supportait pas qu'on lui parle de Freud et de Jung, qu'il faisait exprès de mettre dans le même sac. Il avait trouvé deux psychologues anglo-saxons, Spearman et Thurstone, les champions de la psychologie différentielle, les Laurel et Hardy de l'intelligence globale, l'un estimant qu'on réussit ce qu'on entreprend à cause d'une aptitude générale et l'autre prouvant que la réussite était toujours due à une masse de facteurs divergents et imprévisibles. Antoine trouvait le second plus sympathique. Pour impressionner son père, il avait fait l'effort de retenir les deux noms mais il n'avait jamais su lequel des deux pensait quoi. Spearman et Thurstone! Un Anglais et un Américain du Nord. Depuis qu'il connaissait Nivea, Antoine disait « Américain du Nord » au lieu de « Américain » tout court.

Il rejoignit les grands boulevards et décida d'aller traîner dans une librairie ouverte tard. Au dos d'un roman, il lut la biographie de l'auteur : « Désespéré, il meurt prématurément en 1948 dans la plus grande misère. » Il prit en main un autre livre : « Né en 1920 dans une riche et puissante famille du Japon, l'auteur a mené jusqu'à sa mort en 1970 une vie folle et désespérée. Morphinomane et alcoolique, il tenta plusieurs fois de se suicider et finit par se jeter dans un barrage. » Antoine pensa au meilleur ami de son père qui venait de mourir d'un cancer généralisé et insoignable. Il était, comme l'écrivain japonais, alcoolique et morphinomane, se faisant faire des piqûres par sa femme médecin qui se fournissait avec ses propres ordonnances. Il avait essayé de s'arrêter mais il disait qu'à chaque fois il s'ennuyait littéralement à mourir et qu'il préférait survivre grâce à la morphine et l'alcool. A midi, il avait déjà fini sa bouteille de whisky. C'était un homme avec qui Antoine avait beaucoup aimé parler. Il aurait pu être un des plus brillants chimistes de sa génération, avait-il souvent entendu dire par son père. Antoine continua de chercher des biographies déprimantes dans les rayonnages. Il aperçut le nom de Pavese : se suicide dans une chambre d'hôtel à Turin. Les clients pour *Le Radeau de la Méduse* ne manquaient pas. Il découvrit des livres d'auteurs russes : « A vécu plus de quinze ans dans différents camps dont le pire fut celui de Kolyma en Sibérie du Nord. » Un autre : « Déporté en Sibérie, il y trouva la mort en 19.. » Géricault avait eu raison de dire, sur son lit de mort, que son *Radeau* n'avait que les dimensions d'une vignette. La Sibérie compte plus de douze millions de kilomètres carrés. Antoine revint sur ses pas, alluma un cigarillo et vit dans une vitrine les œuvres complètes d'Hemingway. Meilleure santé, celui-là : guerre de 14, guerre d'Espagne, guerre de 40, la pêche, la chasse, et puis il embarque sur le radeau de la Méduse, lui aussi, et met fin à ses jours en 1961, d'un coup de fusil dans la bouche.

CHAPITRE 12

Antoine demanda à Nivea si elle voulait entendre de la musique. Il avait acheté des Magnificat. Il s'était rendu compte qu'il n'y avait dans leur discothèque que des Requiem, des Lamento, pas de musique à écouter en se réveillant. Il se lança dans un historique du Magnificat : Vivaldi, Bach, le fils aîné de Bach, les musiciens espagnols, les Allemands qui abandonnent le latin pour la traduction de Luther. Les sopranos, les basses. Le Grand Magnificat en do majeur de Telemann.

Telemann avait composé six mille œuvres. On n'imagine plus comment les gens travaillaient dans le temps. Très agité, Antoine saoulait Nivea de mots. Il était rentré tard. Il n'avait pas fait de courses. Elle avait préparé des pâtes aux champignons et à la crème fraîche. Il lui parla de Goldoni, qui avait écrit seize pièces de théâtre en une seule saison. D'habitude, il en écrivait dix, mais cette année-là, il avait voulu se surpasser. Il écrivait pendant la nuit. Le matin, au moment où il allait se coucher, les acteurs venaient chercher les scènes qu'il venait de terminer et les copiaient pour les apprendre par cœur et les répéter immédiatement. Antoine n'en revenait pas : seize pièces de théâtre en une saison ! Même si elles étaient mauvaises, il fallait quand même les écrire. Et Telemann, six mille œuvres en une vie. Quarante opéras ! Il était le musicien le plus célèbre de son temps. Il était mort à Hambourg, à quatre-vingt-six ans. Quinze ans plus tôt, Haendel, qui allait bientôt mourir aveugle à Londres, lui avait envoyé des oignons de jacinthes et de tulipes avec une lettre d'accompagnement rédigée en français, où il souhaitait que la passion de Telemann pour les plantes exotiques puisse prolonger ses jours. Ce qui me plaît beaucoup, ajouta Antoine, c'est d'imaginer Telemann, à quatre-vingt-cinq ans, composant une de ses dernières œuvres, une suite pour orchestre, et l'intitulant *Le Tintamarre*.

Antoine continua de rêver à haute voix. Il aurait tout donné pour vivre à Venise au XVIIIᵉ siècle. Il se serait promené en masque chaque soir. Il aurait rencontré Nivea, fille d'un ambassadeur, et l'aurait enlevée dans une gondole fermée.

Antoine se sentait dans un drôle d'état. Il jeta un nouveau coup d'œil aux reproductions du *Radeau de la Méduse*, punaisées au-dessus de sa table. Il compta les personnages comme s'il s'attendait à ce qu'il en manque.

Il fouilla dans ses notes. Il avait envie de relire les articles publiés en 1819 quand le *Radeau* avait été montré au Salon. Un critique avait écrit que cette toile avait de quoi réjouir la vue des vautours. Qu'est-ce qu'on écrira sur mon émission ? se demanda Antoine. Il en imagina le début : on verrait des fragments de corps, filmés si près que le spectateur ne saurait pas vraiment de quoi il s'agit. De la chair. On entend du vent qui siffle. Ensuite isoler des visages et peut-être mettre de la musique, le début du *Manfred* de Schumann. A peine ce climat installé, tout casser par des plans plus larges et la voix d'un speaker qui lirait un texte de l'époque : « C'était une entreprise difficile que de peindre dans un tableau grand comme nature dix-huit ou vingt naufragés entassés et mourant sur un radeau. » Depuis le début, Antoine savait que le son, le mélange des voix, des musiques et des bruits, donnerait un sens aux images. Quant aux images, il suffirait qu'il cadre tous les détails qui lui plaisaient. En fait, il fallait commencer. Après, ce serait facile. Et pour commencer il fallait finir le scénario.

Il aurait aimé discuter avec Nivea avant de se lancer dans cette nuit de travail. S'il lui avait parlé plus souvent de Théodore Géricault, il pourrait se servir maintenant des idées qu'elle lui aurait données. Nivea était toujours de bon conseil. Ce n'était pas une raison pour l'empêcher d'aller dormir. Antoine pensa qu'il n'y avait que deux choses importantes dans la vie d'un couple : le lit et la conversation.

Nivea prenait un bain et lui demanda de venir lui savonner le dos. Elle ressemblait à un nu de Bonnard. Antoine lui raconta comment Bonnard était allé dans un musée où, profitant d'un moment d'inattention du gardien, il avait sorti un pinceau de sa poche et ajouté une touche de couleur à un de ses tableaux. Bonnard disait que le charme d'une femme révèle beaucoup de choses à un artiste sur son art. Antoine trouvait dommage que Géricault n'ait jamais peint de femmes, à part une ou deux folles et une amazone. Les dessins érotiques de Géricault étaient perdus. A la fin de sa vie, quand il croyait encore avoir une chance de guérir, il projetait de peindre sur la même toile plusieurs chevaux grandeur nature et surtout, avait-il dit : « des femmes, mais des femmes, des femmes !... »

Antoine regarda Nivea sortir de la baignoire et s'essuyer. Elle le fit penser, quand elle se précipita sous les couvertures, à un lièvre qui détale et il lui parla de Francis Jammes, chantre de la nature et des animaux, qui, apercevant un petit lièvre blessé au bord de la route, avait d'abord voulu l'assommer et s'était repris devant ses compagnons : « Oh le pauvre petit, il faut le remettre dans les buissons, on pourrait lui faire du mal. »

Revenu dans sa pièce, Antoine s'étendit par terre près de l'électrophone qu'il alluma. Il ne savait pas quel disque écouter. Toutes ces musiques étaient en attente : elles n'avaient jamais été utilisées avec les images qu'il souhaitait créer. Il en était encore à se demander s'il introduirait de la musique dans la bande sonore. Luis Buñuel considérait la musique comme un élément parasite qui soutient des scènes qui n'ont par ailleurs aucun intérêt cinématographique. Dans ses premiers films, Buñuel s'était servi de Brahms et de Wagner. Qu'auraient été les meilleurs films d'Hitchcock sans la musique de Bernard Herrmann ? Antoine admirait que la plupart des réalisateurs aient le courage de commander des musiques inédites. On ne pouvait se rendre

174

compte de l'effet obtenu qu'une fois la musique enregistrée et placée sur les images, à un moment où, financièrement, il était trop tard pour renoncer. Les grands metteurs en scène devaient sûrement couper pas mal de musique au mixage. Antoine préférait se servir de musiques qu'il connaissait bien. Elles l'aidaient, disait-il, à apprivoiser les images. Au montage, il commençait souvent par faire repiquer sur la pellicule magnétique des musiques qui n'avaient rien à voir avec le sujet. Il faisait le montage image en obéissant au rythme de la musique dont il se débarrassait ensuite. Une des musiques qui lui avait rendu le plus de services était un quintette de Boccherini, *La Musica notturna di Madrid*. Penser à Boccherini donnait toujours des idées à Antoine dans la salle de montage.

On aurait dû analyser l'œuvre de Boccherini dans les écoles de cinéma. Mozart admirait Boccherini. Il avait dû en parler avec Haydn quand ils se retrouvaient le soir avec des amis pour interpréter des quatuors. Haydn et Boccherini s'écrivaient des lettres, qui sont perdues. A l'âge de quarante ans, Boccherini composa un *Stabat Mater* pour soprano solo, violoncelle solo et cordes, dont il fit vingt ans plus tard une autre version pour trois voix en y ajoutant une introduction qui était le premier mouvement d'une de ses symphonies. Il utilisa aussi certains thèmes de la *Musique nocturne de Madrid* dans le dernier mouvement d'un quintette avec guitare : *La Ritirata di Madrid,* inscrivant en marge de la partition des indications précises sur le volume sonore. La musique d'abord jouée très faible s'amplifie et disparaît comme si un ingénieur du son la « shuntait » en auditorium. Boccherini avait inventé le mixage. Né en Italie, il avait fini sa vie en Espagne, musicien de cour sous Charles III et Charles IV, l'un acquérant la Floride et l'autre perdant la Louisiane. Il avait été l'ami de Goya : le musicien de *La Maison du diable* et le peintre de *La Maison du sourd* ! Antoine était mécontent de ne pas l'avoir su plus tôt : il n'aurait mis que de la musique de Boccherini dans son documentaire sur Goya, au lieu de ces tangos dont il se sentait honteux, ayant le sentiment d'avoir cédé à la facilité. Il se rappela l'anecdote racontée par Gide, de Paul Valéry lisant à haute voix un texte de Barrès puis enchaînant sur le même ton : « Et l'on voit se dresser le spectre... de la hideuse facilité. »

Boccherini était mort dans une extrême misère, veuf et ayant cinq enfants à charge. Il avait été le protégé de Lucien Bonaparte mais il avait eu le tort de dédier un recueil de quintettes « A la République française ». La vente de ses œuvres rapporta plus de deux millions de francs-or à ses éditeurs.

Antoine aimait le côté sec et cassé des quintettes de Boccherini, leur brièveté, leur vitesse. *La Musique nocturne de Madrid* lui servait de modèle parce que c'était un documentaire, le portrait d'une ville, l'évocation d'une nuit et des bruits de la nuit. Un violon imitait des roulements de tambour et ensuite venait le *Menuet des aveugles,* pendant lequel les violoncellistes devaient jouer en mettant leurs violoncelles à plat sur leurs genoux. Les changements de séquence arrivaient sans crier gare. Antoine avait écouté ce disque des centaines de fois, l'ayant acheté avec Catherine en 1962, comme le lui rappelaient la date et les prénoms inscrits au dos de la pochette. Il lui arrivait d'en siffler des passages quand il se promenait la nuit dans Paris. La musique des nuits de Paris à la fin des années 70 n'avait rien à voir avec celle de Madrid au XVIIIᵉ siècle.

La nuit, Antoine regrettait de ne pas se promener avec un enregistreur. D'heure en heure, les bruits changeaient. Il allait là où il y avait des gens et finissait toujours par se retrouver entre la rue Réaumur et le boulevard Saint-Denis, dans des rues tranversales dont il ignorait les noms mais où il reconnaissait les visages de prostituées qui le regardaient sans lui sourire. Vers cinq heures du matin, assises par terre, elles s'interpellaient d'un trottoir à l'autre et Antoine remarquait, selon les endroits où elles étaient, des taux de réverbérations différents en durée et en couleur. A la fin de la nuit, elles étaient souvent saoules et se passaient des joints. Celle qui descendait était accueillie par une autre : « Alors, salope, tu as encore baisé ! Putain ! » On entendait des hommes qui crachaient ou qui urinaient entre des poubelles, faisant fuir des rats qui disparaissaient à quatre ou cinq dans le même trou. Repassant deux heures plus tard, Antoine voyait des pigeons qui cherchaient de la nourriture et roucoulaient là où les rats s'étaient battus. Les prostituées du matin venaient prendre la relève. Elles arrivaient sans maquillage, portant des jeans et des baskets. On entendait tourner les moteurs diesel des taxis.

Le soir, il y avait davantage d'animation et de clients. Antoine, debout au comptoir, regardait les prostituées manger des sandwichs et il mettait des pièces dans le juke-box en appuyant sur les touches qu'elles lui indiquaient. Elles préféraient les chansons françaises, à cause des paroles. Il en était arrivé à parler à l'une d'elles d'un roman américain dans lequel il y a cette phrase : « Entre le désespoir et le néant, je choisis le désespoir », — ou la douleur, ou la souffrance. Il n'était pas sûr du mot « désespoir » et elle lui avait dit que c'était sans importance puisqu'elle aurait de toute façon choisi le néant. C'était celle qui lui avait dit : « Toi, tu es un cérébral. » Une autre, silencieuse pendant qu'il était étendu sur elle, s'était coiffée jusqu'à la fin en se regardant dans le miroir disposé le long du lit. Elle s'était aussi remis du rouge à lèvres sans avoir l'air de s'apercevoir qu'il y avait quelqu'un sur elle. Antoine lui avait dit que ce rouge lui allait bien. Elle avait répondu : « C'est Fuchsia de Chanel. » Elle n'avait pas prononcé d'autre phrase et Antoine lui avait raconté la légende de Philomèle à qui le roi de Thrace avait coupé la langue. Philomèle et Procné étaient deux sœurs et Procné avait épousé le roi de Thrace qui voulut avoir aussi Philomèle, belle comme une nymphe. Il lui dit que Procné était morte et quand Philomèle comprit qu'il avait menti, il lui coupa la langue afin qu'elle ne puisse avertir personne. La langue coupée et jetée par terre avait frétillé comme un poisson hors de l'eau. Philomèle avait réussi à contacter sa sœur qui, pour se venger du mari infidèle, tua le fils qu'elle avait de lui, le coupa en morceaux qu'elle fit bouillir et servir à table. Quand le père eut mangé son enfant et rongé les os, elle dit la vérité. Poursuivies par le roi, les deux sœurs lui avaient échappé, métamorphosées en oiseaux : Procné devint un rossignol et Philomèle, incapable de chanter sans sa langue, fut changée en hirondelle.

Le récit fait par Antoine n'avait pas intéressé son interlocutrice qui avait dû le prendre pour un sadique avec ces histoires de langue arrachée et de petit garçon passé à la moulinette. Il était sorti de la chambre pendant qu'elle enfilait une robe noire à décolleté-vertige. Sur le pas de la porte, il était passé entre trois filles qui bavardaient et lui avaient rappelé le trio final du *Chevalier à la rose*. Il avait le disque chez lui. Les rôles étaient chantés par Elisabeth Schwarzkopf, Teresa Stich Randall et Christa Ludwig. Il ne se souvenait plus du nom des trois chanteuses qui avaient interprété la fin de l'opéra dans un cimetière, à la mort du compositeur. Richard Strauss avait demandé qu'on l'incinère en stipulant que le trio de son *Chevalier à la rose* devait être chanté pendant que son corps brûlerait. Antoine avait souvent imaginé le déroulement de cette scène au crématorium de Munich, la musique un peu écœurante accompagnant la fumée. Oserait-il un tel contraste pour *Le Radeau de la Méduse* ? Il chercha dans ses disques l'album du *Chevalier* et comprit que c'était une mauvaise idée dès qu'il vit la photo retouchée au recto du coffret. Cet univers de soie et de dentelles n'était pas celui de Géricault.

Pendant toute la nuit, Antoine pensa à des musiciens. Richard Wagner avait dû se rendre à Venise pour composer *Tristan*. Les lieux où on s'installe pour créer ont de l'importance. Antoine aurait peut-être dû aller, lui aussi, à Venise.

Wagner avait découvert la lagune et les campaniles de Venise depuis la digue du chemin de fer, au coucher du soleil, fin août. De joie, il avait lancé son chapeau par la fenêtre du compartiment. Antoine avait découvert Manhattan de la même façon, mais sans chapeau, dans un taxi qui franchissait le Williamsburg Bridge. Les gondoles noires avaient effrayé Wagner qui n'avait pas aimé devoir se glisser sous le drap sombre qui leur servait de toit. Pendant que son compagnon de voyage admirait la *Ca' d'oro* de Fanny Elsler, il n'avait vu que les ruines entre les palais du Grand Canal. Après une mauvaise nuit à l'hôtel Danieli, il avait loué un appartement dans un des trois palais Giustinian et il avait écrit à Zurich pour qu'on lui envoie son piano et son lit. Le loyer était très cher et Wagner ne s'était résigné à cette dépense que pour être seul, tranquille et sans voisins. Il allait parfois se distraire au théâtre Malibran où on jouait des pièces de Goldoni que Goethe avait vues au même endroit. Vingt-cinq ans plus tard, Nietzsche débarquait à son tour à Venise et assistait aux spectacles du théâtre Malibran.

Wagner avait dû quitter Venise à cause des grandes chaleurs et parce qu'il était mal vu par l'occupant autrichien, même si les chefs de musique des régiments en garnison à Venise faisaient jouer l'ouverture de *Tannhäuser* sur la place Saint-Marc, Wagner étant désolé de voir que les Italiens refusaient d'applaudir non sa musique mais les exécutants. Il avait composé le dernier acte de *Tristan* à l'hôtel Schweizerhof de Lucerne où il avait pu louer, hors saison, tout un étage, faisant de nouveau traverser les Alpes à son piano. Antoine enviait ces artistes toujours en quête de lieux où s'épanouirait leur génie. Wagner avait été malheureux à Venise, sans femme et sans argent, et plus malheureux encore à Lucerne. A Paris aussi, il avait connu la misère. Il allait au théâtre Déjazet, devenu à présent un cinéma où Antoine s'était rendu, en hommage à Wagner et faute de théâtre Malibran.

Les ennuis d'argent de Wagner avaient été épouvantables jusqu'à sa rencontre avec Louis II. La télévision française faisait connaître le même sort à Antoine. Peut-être l'argent arriverait-il demain. Stravinski disait qu'il fallait traiter les dollars avec autant de soin que les notes de musique. Stravinski aussi était allé à Venise où il improvisait, l'après-midi, sur le piano du night-club de son hôtel, le Bauer Grünwald.

A six heures du matin, agacé par le boucan du ramassage des poubelles, Antoine se força à croire que c'était le moteur d'un vaporetto qui manœuvrait sous les fenêtres de sa suite à l'hôtel Europa e Brittania, avec vue sur le Grand Canal et la basilique de la Salute. Ce n'était pas une hallucination. Il se décida enfin, après avoir attendu toute la nuit, à placer un disque sur sa platine, ayant choisi un concerto pour mandoline composé par Vivaldi à l'intention du marquis Bentivoglio. Antoine rêva à la noblesse des siècles précédents qui commandait des œuvres aux musiciens, et ensuite était capable de les interpréter, à commencer par les rois. On n'imaginait pas le chancelier de la R.F.A. commandant à Stockhausen une pièce pour clarinette et la jouant au Bundestag. Un président de la République française s'était exhibé avec son accordéon mais n'aurait pas été à même d'interpréter une sonate pour flûte de Pierre Boulez. Les gouvernements se contentaient de donner des bourses insuffisantes à quelques artistes.

Antoine écouta le camion-poubelle qui s'éloignait pendant que les *tutti* de l'orchestre à cordes reprenaient le thème exposé par la mandoline. Quelqu'un avait dit que son rêve, en musique, était d'entendre la musique des guitares de Picasso. Antoine écoutait la musique de Venise déguisée en mandoline. Nietzsche avait dit que le seul mot qui puisse remplacer le mot « musique » était le nom de Venise. Nietzsche à Venise portait des culottes courtes en toile blanche et un veston noir. Il se coiffait comme un punk, les cheveux ramenés sur le front en un toupet dont il rasait la pointe avançante. Il mangeait des artichauts et du poisson dans une osteria où il s'asseyait à côté de dames allemandes qu'il saluait en dialecte vénitien. A Venise avec Catherine, Antoine avait essayé de retrouver les maisons où avait vécu Nietzsche, la Casa Petrarca, la pension sur le Grand Canal tenue par une Autrichienne qu'il n'aimait pas, la chambre de la Calle dei Preti. Nietzsche avait envoyé une lettre à Lou Andreas-Salomé dans laquelle il lui disait que son idée de ramener les systèmes philosophiques à la vie de leurs auteurs était l'idée d'une âme-sœur. Les livres de philosophie étaient des confessions et des Mémoires.

Quand le disque de Vivaldi s'arrêta, le jour allait se lever et Antoine n'avait rien fait. Il aurait voulu écouter *Piss Factory* chanté par Patti Smith. Lou Reed avait déclaré que c'était une des meilleures musiques jamais gravées sur un disque. Antoine aurait pu embarquer les Sex Pistols sur le radeau de la Méduse. « We like the noise, it's our choice. » Il avait essayé d'obtenir de la B.B.C. une copie de l'émission en direct pendant laquelle les Sex Pistols avaient injurié leur interviewer, lui crachant au visage et le traitant de « tas de merde ». Les Anglais avaient répondu qu'aucune copie n'était disponible. Un membre des Sex Pistols était mort dans une baignoire d'un hôtel new-yorkais, ou bien c'était sa compagne qui était morte et on l'avait soupçonné de l'avoir tuée. Antoine retrouva le nom : Sid Vicious. Il pensa au Palazzo Dario à Venise dont un des plus récents propriétaires avait été retrouvé le crâne défoncé à coups de candélabre par un jeune Américain qu'il hébergeait. Antoine avait acheté un miroir au Marché aux Puces et imaginait que ce miroir avait orné le mur d'une chambre donnant sur le Grand Canal. Peut-être était-ce le miroir devant lequel Richard Wagner se rasait les joues pendant qu'il composait *Tristan* ? Antoine s'en persuadait bien que le miroir ait été encadré en Seine-et-Oise, l'étiquette d'origine se trouvant toujours collée au dos. Les déformations de la réalité s'observent dans des moments d'angoisse, mais les hallucinations n'ont jamais de stimulus extérieur et le miroir, ou tout à l'heure le passage des boueux, rassuraient Antoine : s'il se croyait à Venise, n'avait-il pas aussi tenu compte des différents niveaux du réel ?

Luttant à sa manière contre la dégradation

universelle de l'énergie, il se dépassait puisqu'il faut que l'homme se dépasse. S'il s'imaginait être à Venise alors qu'il se savait à Paris, il vivait cette espèce d'hallucinose comme un moyen de n'être nulle part. Le logicien Hans Reichenbach avait mis au point un système à trois valeurs : le vrai, le faux et l'indéterminé. Antoine était d'un avis plus radical et n'acceptait que l'indéterminé. Il regrettait que viennent se greffer sur ces moments où il échappait à lui-même des références culturelles souvent banales, comme si ce travail très délicat qu'il effectuait avec sa mémoire avait besoin de la complicité et même de l'autorisation des générations précédentes. Pourquoi avait-il besoin de la musique de Bach pour admirer le lever du jour en Provence ? Pourquoi, quand il avait chaud en plein été, se rafraîchissait-il en écoutant *Au bord d'une source* et les *Jeux d'eau à la Villa d'Este* de Liszt au lieu de boire un demi panaché ? Il n'aimait jamais tant Bach que quand il avait la gueule de bois. Cette musique dissipait les remords et garantissait un semblant de spiritualité. Baudelaire disait que la musique creuse le ciel mais Paul Léautaud avait écrit que les « grands musiciens », avec leurs vacarmes, c'est la douche et la camisole de force qu'ils évoquent.

Antoine admettait qu'il y a quelque chose de maladif à écouter de la musique à tout bout de champ. Freud n'avait jamais voulu qu'un piano entre dans sa maison ni que ses enfants apprennent à jouer d'un instrument, ce qui était inattendu dans la Vienne de l'époque et ce qui n'avait pas empêché Freud de venir en aide à Gustav Mahler. Antoine s'énervait de ne plus pouvoir entrer dans un café ou un magasin sans qu'on ne vous inflige de la musique et souvent la pire, celle de la radio. Il lui arrivait de vouloir mettre un disque et de se rendre compte qu'un autre disque tournait sur son électrophone et qu'il ne l'entendait plus. Un jour viendrait où on diffuserait de la musique jour et nuit dans les rues, pour distraire les gens, comme on faisait déjà dans les avions aux moments dangereux du décollage et de l'atterrissage.

A sept heures moins dix du matin, il se rendit compte qu'il n'avait pas écrit une ligne de son scénario. Le voyage à Venise lui avait pris du temps. Il avait faim et se rappela qu'il avait ramené des spaghettis. Il regarda le mode d'emploi sur la boîte qu'il avait achetée au rayon « épicerie fine » de Félix Potin. Baudelaire déjà allait faire ses courses chez Félix Potin, et Verlaine, traînant dans les Halles, y achetait son vin rouge. Les spaghettis, étiquetés *Italian Spaghetti*, venaient d'Israël et, pour la première fois de sa vie, Antoine mangea des spaghettis cachères qu'il enroulait autour de sa fourchette sous la surveillance du rabbin Jacob Landa.

Il n'avait pas la force de préparer du café et il décida d'en prendre un dehors. Il avait de toute façon besoin de cigarillos. Nivea se réveillerait quand il serait sorti et il glissa un mot sous la porte de leur chambre. Quand il remonta, il la trouva au téléphone et il entendit qu'elle disait : « Justement le voilà. Je vous le passe. » C'était son père qui se mit à lui parler de l'année 1939. Les parents d'Antoine s'étaient mariés au printemps. La file des voitures de cérémonie était impressionnante et Gabrielle Latournerie, sa future mère, était radieuse dans sa robe de satin. Quand elle avait dû répondre au prêtre, au lieu de dire « oui », elle avait dit « évidemment ». Le récit de la messe de mariage, Antoine l'avait déjà entendu cent fois. Des officiers d'active en uniforme avaient félicité les jeunes mariés et ne s'étaient pas privés de parler de la guerre qui menaçait de nouveau : l'armée allemande à Prague, la Slovaquie devenue prétendument indépendante, le chancelier Hitler convoitant le pétrole roumain. On avait dû aller chercher des masques à gaz dans les mairies. Il aurait mieux valu se battre dès 1938 pour défendre les Tchèques plutôt qu'en 39 pour un maréchal polonais qui était l'héritier d'un dictateur arrivé au pouvoir à la suite d'un coup d'Etat. Après des coups de téléphone entre Chamberlain à Londres et Daladier à Paris, la France avait été contrainte par l'Angleterre à déclarer la guerre au Reich : les alliances étaient les alliances.

Le père d'Antoine avait été nommé chef d'une section de mitrailleuses et le 10 septembre 1939, avec ceux qu'il était censé appeler « ses gars », il avait reçu l'ordre de monter dans un train pour une destination inconnue. Ils avaient atteint le département de la Moselle après deux jours de zigzags en rase campagne et d'innombrables arrêts. Les hommes s'étaient endormis sans manger à même le sol d'un restaurant qu'ils avaient fait rouvrir. Pour la plupart, ils n'avaient jamais connu le feu. On avait traversé ensuite des villages déserts.

Le bataillon du père d'Antoine avait franchi la

frontière allemande. Les ordres étaient d'attaquer à la tombée de la nuit mais les Allemands avaient attaqué les premiers au milieu de l'après-midi. Les mouvements vers l'arrière étaient difficiles. Antoine était né en février 1940, « héritier de ce merdier ». C'était un gros bébé de 4 kilos 100. Son père avait obtenu une permission. L'accouchement n'avait pas été facile et il avait fallu utiliser les forceps. Le bébé avait été blessé à la tempe.

Antoine songea à une phrase qu'il avait entendue sans que ses parents le sachent, un soir quand il avait huit ans, caché dans le salon où sa mère racontait à une amie que le gynécologue avait dit de lui, juste à la naissance : « Celui-là, il mourra ou bien il deviendra fou. »

CHAPITRE 13

La première fois que sa mère l'avait conduit à
l'école, Antoine n'avait pas arrêté de parler pendant tout le trajet, faisant des commentaires sur
chaque vitrine et déployant des trésors de diploma-
tie pour que sa mère lui achète des bonbons. En
chemin, il avait demandé qu'elle lui apprenne
encore des mots qu'il ignorait. Il s'était déjà acquis
dans la famille une réputation de bavard et sa mère
disait qu'il regagnait le temps perdu puisqu'il avait
commencé à parler très tard. On ne l'avait pas
envoyé à la maternelle mais il savait écrire les six
voyelles et plusieurs consonnes. Il connaissait quelques tables de multiplication. Ses nouvelles chaussures brillaient. On lui avait aussi acheté des
crayons et un porte-plume. Il fut effrayé quand il
comprit que sa mère n'avait pas la moindre intention de pénétrer avec lui dans ce bâtiment où
s'apprêtaient à le prendre en charge des personnages qu'il n'avait jamais vus. Elle ne l'accompa-
gnerait pas dans la salle de classe et ne s'assiérait
pas à côté de lui. Il se cramponna à elle, se fit le
plus lourd possible et ne bougea plus.

Quand on lui demanda comment il s'appelait, il refusa de répondre. Ses parents lui avaient dit qu'il serait content de pouvoir s'amuser avec des garçons de son âge. A la fin du premier trimestre, il ne s'était pas encore fait un ami.

En février, le jour de son anniversaire, il ramena à la maison Benoît Sigoyer qu'il présenta comme son meilleur copain et que toute la classe avait admiré à cause de ses blazers à rayures jusqu'à ce que le professeur lui ait dit de s'habiller plus modestement. Benoît porta des costumes gris et les autres le trouvèrent moins drôle. Antoine et Benoît étaient devenus amis après avoir lancé des boules de neige sur des grands qui les avaient poursuivis et rossés. Cette amitié entre deux élèves différents à tous points de vue surprenait les professeurs.

Depuis la fin de la guerre, les parents d'Antoine vivaient à Paris avec leurs trois enfants, Antoine ayant eu la joie d'annoncer la naissance d'un frère, Marc, en novembre 1942. Leur petite sœur Isabelle était née un an plus tard, au moment où la famille s'était provisoirement installée, pas loin de la Saône, dans une région de sols caillouteux et d'étangs.

A l'âge de neuf ou dix ans, Antoine eut un choc en trouvant par hasard, alors qu'il fouillait dans les affaires de son père en son absence, un livre sur les camps de concentration. Une photographie en sépia montrait des gens entassés comme s'ils dormaient les uns par-dessus les autres. C'était un tas de cadavres ; le mot *cadavre* était imprimé dans la légende.

Depuis ce jour, Antoine n'avait cessé de se

documenter sans rien dire à personne. Quand ses oncles dînaient à la maison, on parlait de la guerre après avoir couché les enfants. Antoine se relevait et écoutait. Il entendit parler de superforteresses volantes. Son père avait participé à la construction d'un aérodrome clandestin dans la forêt. La nuit, pour permettre aux avions anglais d'atterrir, les hommes se tenaient au bord du terrain avec des lampes de poche. Les avions s'appelaient des Dakotas : n'était-ce pas le nom d'une tribu d'Indiens ?

Le nom d'Hitler revenait souvent. Antoine avait vu des photos d'un moustachu à casquette qui avait l'air d'un garçon d'ascenseur. Il n'avait rien trouvé d'intéressant sur Hitler dans la bibliothèque du salon ni parmi les livres que son père gardait dans son bureau. Il avait découvert un gros ouvrage consacré à Satan et il lui avait fallu trois ans pour le lire. Au début, il en lisait un ou deux paragraphes, debout devant les rayonnages. Plus tard, il avait emporté le livre dans sa chambre. Il y avait sûrement un rapport entre la guerre et ce volume qui s'intitulait *Le Paradis perdu* puisqu'on avait perdu la guerre. Antoine avait été vexé que son père, le voyant avec *Le Paradis perdu* à la main, lui ait demandé ce qui l'intéressait là-dedans. Antoine réunissait son petit frère Marc et sa sœur Isabelle et leur racontait ce qu'il avait lu. Il prenait une voix nasillarde : « Ici, Radio-Satan. » Les deux autres se taisaient. Antoine connaissait par cœur les noms des archanges déchus : Belzébuth, Moloch, Thamnuz, Bélial. Arrivé au Paradis terrestre, Satan n'en avait pas cherché la porte et, sautant par-dessus la

191

muraille, il avait rôdé comme un loup avant de repérer l'arbre le plus haut, l'arbre de vie, sur lequel il s'était posé comme un cormoran. Isabelle interrompait le récit pour demander ce qu'était un cormoran et Antoine se fâchait et menaçait de terminer son émission de radio si on lui posait encore des questions. La sortie des Enfers était le passage que ses auditeurs préféraient. Satan, dont le départ est annoncé par des trompettes et des cris, arrive aux portes de l'Enfer gardées par deux figures plus noires que la nuit et féroces comme dix furies, et il s'apprête à les tuer au moment où apparaît une sorcière, la concierge de l'Enfer. Elle lui raconte qu'ils ont été mariés, jadis, au Ciel, et qu'elle a eu de lui un fils, le fils de Satan, et que ce fils a voulu avoir un enfant avec elle, sa mère. Depuis, elle n'arrête pas de mettre au monde des chiens, des centaines de chiens qui sont sortis de son ventre et voici les chiens. Antoine imitait d'affreux aboiements. Il disait : « C'est la guerre ! » A la fin, quand Adam et Eve étaient chassés du jardin d'Eden par des chérubins brandissant des glaives de feu, Antoine expliquait que c'était comme la bombe atomique.

Devenu adulte, Antoine savait que la connaissance de l'histoire est indispensable si on veut y voir clair dans le présent. Il entendait souvent à la radio ou à la télévision des interviews d'historiens souhaitant que leur travail aide leurs contemporains dans les combats qu'ils mènent. Ils espéraient que la connaissance du passé permettrait de maîtriser les problèmes qui se poseraient bientôt et ceux qui se posent déjà. Les livres d'histoire trouvaient leur justification s'ils rendaient plus critique l'esprit de leur lecteur et l'encourageaient à lutter contre le pouvoir, l'injustice, le passéisme. En fait de passéisme, je me pose un peu là, se disait Antoine, constatant que, fasciné par le passé, il accumulait des informations mais ne travaillait pas. Sans doute, comme disait son père pour le consoler, « engrangeait-il », mais il faudrait bien, un jour ou l'autre, se mettre à produire. Antoine avait peur de s'exposer et il camouflait cette peur en disant qu'il fallait être prétentieux pour croire qu'on avait quelque chose à dire. Depuis quelques années, son père l'agaçait à force de lui suggérer des sujets à traiter, comme si Antoine n'était pas assez grand pour en trouver lui-même. Il n'a rien fait dans sa vie, il n'a rien découvert, et maintenant il veut s'accomplir à travers moi, disait Antoine à Nivea qui prenait la défense du père en obligeant Antoine à reconnaître que son père avait eu le mérite d'avoir osé faire ce qui lui avait plu, sans se soumettre à des institutions.

Quand il allait à l'école, et cela avait duré jusqu'au bac, la première chose qu'Antoine faisait en rentrant était d'aller voir son père dans son bureau, sans tenir compte de sa mère qui lui répétait chaque jour qu'il ne fallait pas déranger son père et lui demandait de ramasser son cartable. Ces retours de l'école, la discussion avec la mère, les quatre coups frappés à la porte du bureau, le père qui se levait pour accueillir Antoine avec la même phrase : « Ah, voilà mon fiston », étaient devenu un rituel auquel Antoine se préparait pendant la dernière heure de cours, refusant de goûter chez des amis pour ne pas retarder le moment où il retrouverait son père qui lui avait fait apprendre *Les Djinns* de Victor Hugo et lui montrait des cartes du ciel.

Le système s'était détraqué au fur et à mesure qu'Antoine avait découvert qu'il n'était pas d'accord avec son père. Il y avait eu une dispute à propos d'une rédaction. Antoine voulait décrire un meurtre avec beaucoup de sang. Son père s'y était opposé. Sa mère aussi. Il avait dû accepter de décrire une promenade à la campagne en hiver, durant laquelle son père lui avait montré des traces d'animaux dans la neige. Ils avaient pris du plâtre et moulé les empreintes. Antoine avait obtenu 17 sur 20 et sa rédaction avait été lue en classe. Le professeur l'avait félicité de s'intéresser à la vie de la nature. Antoine aurait préféré raconter comment un maquisard français avait tué un soldat allemand à coups de couteau. Ensuite, il avait cessé de penser à la guerre en lisant des romans d'espionnage.

Antoine expliqua à Nivea qu'il essayait de lutter contre l'amnésie qui empêche qu'on se souvienne de sa petite enfance. Il ignorait, événements et sensations, ce qu'il avait pu vivre avant l'âge de cinq ans et il n'aimait pas que ses premiers souvenirs doivent tout aux récits de ses parents.

Nivea lui dit qu'à ce compte-là, il n'avait qu'à remonter au déluge. Elle ne comprenait pas qu'on s'intéresse à du passé qui ne peut plus vous faire de bien ou de mal. Antoine devrait se dégager de ce qui le maintenait de façon angoissante dans son passé. Elle trouvait qu'il fallait se jeter dans l'avenir comme on se jette dans le vide.

Antoine la prit au mot à propos du déluge. L'arche de Noé le fit penser au radeau de la Méduse. Il y avait là un rapprochement qui valait la peine d'être étudié. Ne pourrait-il pas trouver des peintures de l'arche de Noé et commencer son film par ces images ? Il ne connaissait pas de tableaux célèbres représentant l'arche. Il y avait bien la Tour de Babel et aussi un Italien qui avait peint l'ivresse de Noé, vieillard à barbe blanche étendu sur le sol, mais l'arche ? Raison de plus, pensa-t-il, ce sera très nouveau. En cherchant bien, il découvrirait des peintres ayant illustré le thème de l'arche et celui de l'arc-en-ciel symbolisant la paix entre Dieu et les hommes, mais s'occuper de l'arc-en-ciel, c'était s'occuper de l'espoir, comme si Géricault avait peint les naufragés au moment où ils étaient recueillis par l'équipage du navire venu à leur secours. S'il montrait l'arche de Noé, il faudrait que ce soit au moyen d'un tableau qui donnerait l'impression que rien n'est gagné et que l'arche peut encore sombrer d'un moment à l'autre. L'idée d'un deuxième commencement de l'histoire grâce à la famille de Noé lui plut. Bien que ce soit un mythe, ces couples de centenaires quittant l'arche avaient influencé l'inconscient occidental. L'Occident avait lutté contre cet inconscient : l'Occident avait été jeune mais l'Europe actuelle, atteinte par un vieillissement technologique et industriel, revenait à la case départ et à Noé âgé de cinq cents ans.

Antoine ne voyait pas comment relier l'arche de Noé au radeau de la Méduse sans tomber dans un catalogue illustré d'embarcations. Pourquoi pas ? Il entrevit une série d'émissions amusantes à préparer en mêlant les navires imaginaires et les navires réels, depuis les Argonautes jusqu'au *Kon-Tiki* et aux catamarans. Il énuméra les bateaux de Jules Verne, les caravelles de Christophe Colomb, quoi encore ? La musique pourrait être l'ouverture du *Vaisseau fantôme*. Il faudrait relire les *Voyages du capitaine Cook* et *L'Ile au Trésor*. Il s'emballait et s'imaginait déjà, avec Nivea, sur la terrasse d'une maison qu'ils auraient louée au bord d'un lac en Italie, se lisant mutuellement à haute voix des récits de navigateurs et des vies de pirates, le tout aux frais de la télévision française. Il est vrai que la télévision ne donnerait pas un sou d'avance. Il faudrait écrire un scénario, le leur soumettre et attendre longtemps la réponse sans toucher un franc. Et *Moby Dick* ! Et Joseph Conrad ! Il les avait oubliés. Et Surcouf ! Il ne faudrait pas seulement lire des livres, il faudrait que ce soit très visuel et filmer des maquettes de bateaux. Avec des trucages, on pourrait faire croire à de vrais navires aux dimensions réelles.

Antoine avait mal à la tête. Les deux aspirines effervescentes qu'il avait prises n'avaient servi à rien. Il regarda cette pièce où il était censé travailler, ces disques, ces journaux rangés sans soin, tous ces livres à moitié lus. Il aurait pu reconstituer bien des parties de sa vie en prenant les livres un à un et en se rappelant l'état de son esprit au moment où il les avait achetés, et ce qui l'avait poussé à choisir, tel jour, ce titre ou cet autre plutôt que le reste de la librairie.

Il but plusieurs verres de Old Crow et se sentit prêt à travailler d'arrache-pied. Quand William Faulkner était mort, on avait trouvé, à côté de la vieille machine à écrire qu'il avait toujours refusé de remplacer, un magnum de Old Crow à moitié vide. Venu à Paris au moment de son prix Nobel, Faulkner qu'on priait à dîner demandait l'autorisation, au milieu du repas, de s'étendre séance tenante sur le sol. Il s'allongeait près de la table où les autres continuaient de manger et se relevait avec un sourire au bout d'un quart d'heure qu'il avait passé en dormant à poings fermés : il avait cuvé son alcool et était prêt à recommencer. Antoine avait découpé dans un magazine américain une photo sur laquelle on voyait Faulkner remettant à Dos Passos la médaille d'or du National Institute of Arts and Letters. Faulkner avait préparé un discours mais il avait bu pendant le repas qui précédait la cérémonie, sifflant aussi les verres de Mme Dos Passos placée à côté de lui. Au moment de remettre la médaille, incapable d'articuler, il avait renoncé à prononcer son discours et il avait dit : « Personne ne la méritait plus et n'a eu à l'attendre si longtemps. »

Faulkner disait aussi que les gens sont tous à la recherche de quelque chose qui est souvent l'amour et pas nécessairement l'amour entre l'homme et la femme, mais l'amour pour l'énergie qui est dans la vie. Antoine pensait que Géricault avait voulu montrer cet amour-là dans *Le Radeau de la Méduse*, quelque chose de plus nuancé que l'instinct de conservation. C'est ce qui expliquait qu'il n'ait pas peint des naufragés maigres et malades. Les muscles étaient une métaphore. Il avait voulu peindre la force de la vie.

CHAPITRE 14

Antoine n'arrivait pas à terminer son scénario. Depuis une semaine, il n'osait plus décrocher le téléphone. C'était un bon exercice pour la volonté de le laisser sonner dix ou douze coups en faisant comme si de rien n'était. Quand Nivea se trouvait à la maison, elle avait différents modèles de réponse fournis par Antoine. A son père, il fallait dire qu'Antoine dormait, quelle que soit l'heure, et qu'il rappellerait en se réveillant. Antoine pourrait toujours dire qu'il s'était réveillé à trois heures du matin et qu'il n'avait pas osé le déranger à une heure indue. Pour les gens de la télévision, en l'honneur de qui ce dispositif était mis en place, Antoine discutait à Genève un projet avec leurs confrères de la Suisse romande, ce qui leur mettrait la puce à l'oreille et leur montrerait qu'il n'avait pas besoin d'eux pour travailler.

La dernière fois, ils avaient traité Antoine comme s'il n'avait une réalité que par rapport à eux : « Tiens, tu existes encore, toi ? » S'il leur avait parlé, ils lui auraient peut-être annoncé que le projet venait d'être confié à quelqu'un d'autre, ce qui n'était pas vraisemblable, Antoine ayant reçu en dépôt un monceau de documents qu'on lui aurait réclamés. Ils n'auraient jamais payé une deuxième fois un documentaliste pour réunir les mêmes photocopies ou racheter les mêmes livres d'art. Une idée traversa l'esprit d'Antoine : n'étaient-ils pas en train, en ce moment même, au téléphone, de lui chercher un remplaçant? La fatigue entraînait chez lui ce genre d'idées plutôt délirantes. « *Para-noïa* » : je pense à côté. Pour le Géricault, ils auraient préféré quelqu'un de plus sûr qu'Antoine, un vieux routier, un de ces réalisateurs capables de tourner trois émissions par mois sans faire d'histoire, qui tutoient tout le monde dans les couloirs et n'essaient pas de travailler avec un technicien plutôt qu'un autre. Antoine avait une réputation exécrable. On trouvait qu'il mettait trop de temps à finir ses films, sans parler du temps qu'il lui fallait pour se décider à les commencer. Ses caprices obligeaient à modifier les plannings et on se demandait pourquoi il attendait la veille pour changer les lieux de tournage repérés depuis longtemps. Ce qui sauvait Antoine, c'est qu'il y avait toujours eu quelqu'un pour penser, quand on projetait ses émissions devant les responsables des programmes, qu'il avait du talent.

S'il changeait les lieux de tournage la veille, c'est qu'il les avait prévus trop longtemps à l'avance, contraint et forcé. Au moment où, mis au pied du mur, il fallait filmer, il ne se sentait plus du tout excité. Ses détracteurs oubliaient de signaler qu'il proposait d'autres lieux qu'il avait découverts et repérés lui-même, ayant obtenu seul, s'il en fallait, les autorisations de tournage. Ces écarts qu'on lui reprochait, c'était toujours pour le bien du film.

Pourquoi travaillait-il à la télévision? Souvent, ce n'était pas plus amusant que de donner des cours. S'il avait voulu se faire aimer, Antoine serait devenu poète. Il n'imaginait rien de plus beau, dans la vie, que d'être occupé à écrire des vers. Quand il était jeune, comme beaucoup d'adolescents, il avait écrit des poèmes. Il aurait dû continuer. Maintenant, ce serait ridicule de s'y mettre, à moins d'un coup de foudre qui le pousserait à des extravagances. La rencontre inattendue d'une femme ferait sûrement du bien à son métabolisme mais il ne voulait pas être naïf et croire qu'il deviendrait poète pour autant. Il aurait aimé avoir rendez-vous avec une jeune femme et s'y rendre en pensant : « J'ai rendez-vous avec la foudre. » Ses amis se moqueraient de lui s'il leur avouait qu'il lui arrivait de rêver à des phrases de ce genre. Sa vie était pleine de ces phrases-là et il continuait d'avoir envie de vivre dans la mesure où il espérait qu'il lui serait donné de prononcer effectivement ces phrases au lieu d'y rêver. Les poètes, s'ils ne les prononçaient pas non plus, les écrivaient. Il n'arrivait jamais à se prendre pour John Keats, Nerval ou Hölderlin. Ils avaient connu la souffrance et ils avaient éprouvé des sentiments. Antoine ne souffrait pas. John Keats, atteint de tuberculose, crachait du sang et était pressé d'écrire des poèmes qui le maintenaient en vie plus sûrement que n'importe quel médecin. La vie de Keats l'avait fasciné et il avait pensé à en faire un film. Keats, qui devait mourir si jeune, avait été placé à quinze ans comme apprenti chez un médecin de campagne avant d'aller étudier la médecine à Londres où il avait rencontré et aimé Fanny Brawne. Antoine aurait adoré filmer des gros plans du visage de la merveilleuse Fanny Brawne qu'un critique décrivait comme une froide et insignifiante petite blonde de dix-huit ans.

Il pensait que Keats était le plus grand poète anglais et, de tous les poètes du passé, celui qui se serait senti le plus à l'aise aujourd'hui. Il aurait filmé Keats s'embarquant un an avant sa mort pour l'Italie afin d'y mener ce qu'il appelait sa « vie posthume ». Ayant décidé de ne plus écrire, il avait déjà rédigé le texte qu'il faudrait graver sur sa tombe. Il comparait ses ennuis d'argent à des orties qui pousseraient dans son lit et il se disait presque amoureux de la mort qui calme, « *half in love with easeful Death* ». Antoine l'aurait montré lisant Homère, s'enthousiasmant pour la Grèce, allant voir les marbres du Parthénon qui venaient d'arriver au British Museum et traduisant Platon. Les problèmes posés par un tel film auraient été plus difficiles à résoudre que ceux posés par l'émission sur Géricault. Un artiste en train de travailler n'est pas un spectacle passionnant. Il existait des films américains sur Van Gogh ou Goya, qu'Antoine n'avait pas vus, et où on n'avait pas dû se poser trop de questions. Antoine comptait beaucoup sur le son pour donner le sentiment du vrai. Si on entendait le bruit du pinceau ou des brosses sur la toile, on serait obligé de croire à ce qui se passait. Il ne tenait pas à tourner un documentaire d'art ou sur l'art mais à montrer un homme en conflit avec lui-même et avec ses semblables.

Antoine était persuadé maintenant qu'il n'arriverait à rien de bon s'il ne filmait pas des parties de la vie de Géricault. La vie des gens était toujours plus dramatique que leurs œuvres, ou plus comique. Il se l'était dit à propos de lui-même en revenant du Palais de Justice où il avait été convoqué pour le divorce avec Agnès. Elle était là, drapée dans une sorte de sari orange qui contrastait avec les robes noires des avocats. Quand le juge lui avait demandé si elle persistait à ne plus vouloir vivre avec Antoine, elle avait d'abord dit : « Par le pouvoir de Bouddha, Dharma et Shanga, puissent mon corps, ma parole et mon esprit être purifiés. » Elle avait un corps splendide. C'étaient sa parole et son esprit qui n'allaient pas. Antoine avait bien observé le juge écoutant Agnès d'un air que son projet actuel lui avait fait qualifier de médusé.

Agnès avait embrassé Antoine en le quittant et lui avait dit que son travail sur Géricault serait auspicieux. Auspicieux ? Antoine n'avait pas demandé d'explications. Il voulait qu'on lui donne des comédiens et qu'on lui paye un dialoguiste. Ce ne serait pas commode car il faudrait convaincre vite et il n'avait pas toutes les données en main.

Dans quelle mesure les responsables de l'émission tenaient-ils à la voir réalisée ? S'ils n'arrivaient pas à signer avec les universités américaines ? S'ils annulaient ? C'était impossible puisqu'un budget avait été décidé pour la série complète, y compris, *last but not least,* le Géricault. Antoine, maintenant, avait envie d'aller jusqu'au bout de ce travail, à force d'y avoir pensé. Jusqu'au bout ? Il ne fallait pas se leurrer, il n'était nulle part. Le scénario qu'il avait remis n'avait servi qu'à faire prendre patience à ses producteurs. On ne pouvait pas en tirer grand-chose de bon. Antoine ne comprenait pas pourquoi il n'avait pas encore rédigé le vrai scénario. Il pensait au conseil de Stendhal à Mérimée. Au lieu d'écrire, Mérimée apprenait le grec et restait plongé dans des dictionnaires. Stendhal était pour la rapidité. Il disait par exemple : « Si vous vous trouvez seul avec une femme, je vous donne cinq minutes pour vous préparer à l'effort prodigieux de lui dire : Je vous aime. » Selon Stendhal, il fallait se traiter de lâche si on n'avait pas dit cela avant cinq minutes.

Antoine avait souvent pensé à ce conseil. Stendhal prétendait qu'on réussit une fois sur dix, mettons une fois sur vingt et que la chance d'être heureux une fois valait la peine de risquer dix-neuf ridicules. Ce n'étaient pas ces questions d'abordage qui préoccupaient Antoine. Le conseil de Stendhal à Mérimée, concernant le travail, était qu'une fois sur le champ de bataille, ce n'était plus le moment de nettoyer son fusil : il fallait tirer. Oui, se disait Antoine, il faut tirer et il faut tirer dans le mille.

Il savait ce qu'il voulait faire et il n'osait pas le dire. Il voulait filmer des fragments de la vie de Géricault telle qu'il l'imaginait : les rendez-vous avec sa tante dans les écuries de l'Empereur, la rencontre avec la belle inconnue masquée au bal de l'Opéra, Géricault au travail dans son atelier. La rencontre avec l'inconnue pourrait se situer dans un recoin de l'Opéra pour éviter de reconstituer tout un bal. Les idées d'Antoine ne coûteraient pas cher. Le plus difficile serait de trouver l'acteur qui incarnerait Géricault.

Antoine alla au cimetière du Père-Lachaise où se trouvait la tombe de son peintre. Il pourrait commencer l'émission par quelqu'un qui va voir cette tombe. Le cimetière est un lieu très cinématographique. Il se souvenait des cimetières dans *Le Troisième Homme* et dans *La Comtesse aux pieds nus*, et son émission pourrait démarrer de la même manière. Il faudrait trouver un acteur comme Joseph Cotten ou Humphrey Bogart. Pourquoi se référer au cinéma américain? Comme chantaient les Clash : « I'm so bored with the U.S.A. » Antoine ne supportait pas les Parisiens qu'il rencontrait et qui lui disaient : « Je rentre de New York, eh bien mon vieux, c'est vraiment là que ça se passe. » Il répondait invariablement que ça se passe dans la tête et nulle part ailleurs.

Antoine entra dans le cimetière et s'arrêta au début de l'avenue principale. Il aperçut d'abord une statue de femme nue. Il filmerait un admirateur de Géricault à la recherche de la tombe. Pas un admirateur. Il y aurait là un homme marchant dans un cimetière et s'arrêtant devant une tombe, celle de Géricault. Sa voix off donnerait des informations au spectateur. Antoine pensa que Roger Blin pourrait interpréter le rôle. Il l'avait aperçu dans des cafés de la rue de Buci et de la rue Mazarine. Roger Blin avait l'allure d'un rescapé du radeau de la Méduse. Il avait été l'ami d'Antonin Artaud et de Wols, l'interprète et le metteur en scène des meilleures pièces de Samuel Beckett et de

Jean Genet. Consentirait-il à travailler avec Antoine Dufour?

Un soir, Antoine s'était trouvé assis à une table à côté de la sienne et il l'avait entendu raconter qu'il rentrait de Dublin où il avait repéré des cimetières pour une pièce de Brendan Behan qu'il souhaitait monter. Les chauffeurs de taxi dublinois qui le conduisaient dans de petits cimetières lui demandaient s'il allait se recueillir sur les tombes de sa famille. Il leur parlait de Brendan Behan et tous les chauffeurs racontaient comment ils s'étaient saoulés en compagnie de Behan. Antoine se souvenait d'une question posée à Blin : « Selon quels critères choisis-tu les pièces que tu mets en scène? » Roger Blin avait répondu : « Pour faire chier le monde. »

Un règlement concernant les cimetières était affiché et Antoine lut : « Il est interdit de se livrer à des opérations cinématographiques sans autorisation du Maire. » Très bien, voilà qui occuperait le chef de production. Pendant que le corps de Géricault était conduit au Père-Lachaise, un homme vêtu à l'orientale suivait le cortège en pleurant et en se jetant des poignées de cendre sur la tête. Il s'appelait Moustapha. C'était un Turc que Géricault avait recueilli et engagé comme domestique. Moustapha dormait sur une natte à la porte de la chambre de son maître. Géricault s'en était séparé pour faire plaisir à son père qui était choqué que son fils ait un domestique turc au comportement déroutant. Un avocat avait prononcé un discours sur la tombe de Géricault : « Il était inspiré, il dictait pour les peintres à venir, et par malheur personne n'écrivait. » La phrase d'Elie Faure n'était pas mal non plus : « Il meurt consumé par phtisie pour être tombé d'un cheval furieux et avoir trop fait l'amour. »

Marchant parmi les tombes, Antoine avait l'impression de s'introduire dans une réception mondaine sans avoir reçu d'invitation. Il y avait beaucoup de célébrités, des noms de boulevards et de stations de métro. Arago avait une tombe blanche : il avait aboli l'esclavage dans les colonies. Né en 1786, cinq ans avant Géricault, il était devenu ministre de la Marine après la mort du peintre, sans quoi il aurait pu commander cette fresque sur *La Traite des nègres* que Géricault voulait entreprendre après le *Radeau*. Plus loin, le sculpteur Falguière avait droit, sur sa tombe, à une femme nue. Ledru-Rollin n'avait que son buste mais cette inscription : « Il organisa le suffrage universel. » Son voisin Félix Faure était représenté grandeur nature, étendu de tout son long, couché sur un drapeau de bronze. On avait indiqué une profession peu courante : « Président de la République ». Sa tombe était aussi sobre que sa mort avait été louche. Antoine passa devant le sergent Hoff et le baron Taylor, devant un avocat à la cour de cassation et un ancien député de la Corrèze, devant un horloger du roi et un professeur de contrepoint. Les femmes n'étaient qu'épouses ou veuves, parfois mères affectionnées ou chères petites filles. Claude Lévi-Strauss aurait pu s'épargner un voyage sous les tropiques en étudiant au Père-Lachaise les structures élémentaires de la parenté.

Si Antoine avait encore été professeur, il aurait donné un cours sur ce cimetière. Il y aurait emmené ses élèves. Les travaux pratiques auraient consisté à lire tout ce qu'il y avait à lire : c'était considérable. De quels mots se servaient les hommes pour parler de la vie de leurs morts ? Le mot qui revenait le plus souvent était le mot « famille ». Antoine pensa au cours qu'il aurait intitulé : « La revanche du nom propre sur le nom commun. » Adolescent, il avait lu un recueil d'inscriptions funéraires grecques et il se souvenait de l'épitaphe à la gloire d'une femme qui n'avait dénoué sa ceinture que pour un seul homme. La phrase exacte était : « Pour un seul homme elle a dénoué sa ceinture. » Antoine n'avait pas voulu savoir que cette femme était morte et l'homme aussi. Il était devenu cet homme pour qui, soir après soir, on dénoue sa ceinture. Il avait rêvé à ce geste qui lui paraissait plus érotique que les images publicitaires de sous-vêtements qu'il regardait à l'époque lointaine où il tentait de devenir le record-man de la *masturbatio interrupta.* Aujourd'hui encore il était impressionné quand Nivea défaisait la boucle de sa ceinture avant d'enlever ses jeans. Il suffit de peu de phrases et de peu d'images pour former la sensibilité de quelqu'un. Depuis qu'il avait lu, très jeune, *Tintin en Amérique,* histoire dans laquelle Tintin se fait enlever dès la première page de l'album par un chauffeur de taxi, Antoine n'avait jamais été rassuré quand il prenait un taxi tout seul, même pas à Londres, où les taxis étaient pourtant si agréables. Après les gondoles, les taxis londoniens étaient le moyen de transport favori d'Antoine, même si un peu de l'angoisse due à la lecture de *Tintin* subsistait.

Il se demanda s'il irait jusqu'au mur des Fédérés, qu'il n'avait jamais vu. Un ami brésilien de Nivea avait voulu s'y rendre dès son arrivée à Paris et Nivea l'avait accompagné. Elle avait été émue en imaginant le massacre des derniers défenseurs de la Commune parmi les tombes.

Elle avait dit à Antoine qu'une de ses cousines avait été torturée au Brésil et que parfois elle s'en voulait de vivre en Europe au lieu de rentrer et de lutter dans son pays. Elle parlait rarement de politique avec Antoine. Ils s'indiquaient l'un à l'autre des articles à lire dans les journaux, les lisaient, s'indignaient et ne faisaient pas de commentaire. Un jour qu'ils passaient devant une vitrine où étaient exposées des voitures, Nivea avait dit qu'elle aimerait avoir une auto rouge : « J'aime tout ce qui est rouge, les voitures rouges, les chaussures rouges et les drapeaux rouges. » Elle avait fini sa phrase avec tant de grâce. Le même jour, elle avait proposé à Antoine de l'emmener au Brésil. Elle disait qu'une Brésilienne en Europe n'a rien de commun avec la même Brésilienne au Brésil. Là-bas, la lumière, l'océan et une autre forme de tension qui ne sollicitait pas les mêmes nerfs qu'en Europe la rendraient, pensait-elle, beaucoup plus belle.

Elle était bizarre avec le Brésil, capable d'en parler pendant des heures et de refuser d'en entendre parler pendant des mois. Le père de sa fille avait travaillé pour le Premier ministre des militaires, un économiste formé aux Etats-Unis. Au début des années 70, il avait été engagé par la Petrobras, la compagnie nationale de pétrole dirigée par le général Ernesto Geisel, dont le frère, général lui aussi, était ministre de l'Armée. Les deux frères réunissaient huit étoiles sur leurs képis. Ernesto Geisel avait été le président d'un Brésil où des prisonniers politiques étaient pendus par les testicules. On violait des femmes dans les casernes. Ensuite on les enfermait dans des cages d'un mètre de haut qu'on exposait en plein soleil et dans lesquelles on les laissait devenir folles.

Antoine s'arrêta net : il était devant la tombe de La Fontaine. Il essaya de se souvenir d'une fable. Son père lui avait fait apprendre :

> *Un bloc de marbre était si beau*
> *Qu'un statuaire en fit l'emplette.*
> *Qu'en fera, dit-il, mon ciseau ?*
> *Sera-t-il dieu, table ou cuvette ?*

Il ne savait plus la suite. C'était toujours son père qui avait choisi pour lui ce qu'il devait apprendre par cœur, les sujets de ses rédactions, les vêtements qu'on lui achetait. Antoine était sûr qu'il n'aurait pas épousé sa première femme si elle avait déplu à son père. Il avait changé depuis mais il était étonné de se rendre compte que la moitié de sa vie avait été dominée par son père, lequel continuait d'essayer, suppliant Antoine, malgré les émissions à tourner, de terminer sa thèse sur Scarron.

Antoine avait passé des heures à faire des recherches à la Bibliothèque Nationale, dans l'intention de réhabiliter Scarron, un des plus importants écrivains du XVIIe siècle, victime d'une double ou triple conspiration du silence. L'enseignement conçu par les Jésuites avait privilégié le théâtre classique au détriment de Scarron, vif, caustique, persifleur et auteur d'un *Virgile travesti* qui aurait perturbé les cours de latin. On avait dû vouloir plaire à Louis XIV en ne lui rappelant pas trop souvent que Madame de Maintenon avait été la femme de Scarron. En s'aidant des théories sur le signifiant et le signifié, en acceptant de lire avec application Jakobson, Benveniste et Hjemslev, Antoine aurait pu terminer sa thèse et en tirer un essai qui aurait impressionné les gens.

Son père avait beaucoup insisté, reprenant à son compte les idées d'Antoine, les développant, s'enflammant comme s'il allait lui-même écrire le texte à la place de son fils. Il s'était procuré une édition critique du *Roman comique* pour être mieux à même de discuter avec Antoine qui n'y pensait plus.

Le nombre de statues de femmes à la poitrine nue qu'il y avait dans ce cimetière était sidérant et le faisait ressembler à une maison de passe dont les pensionnaires auraient été pétrifiées par le regard de la Méduse. Le feuillage d'un marronnier diffusait une lumière douce sur une femme en pierre, cambrée, les seins dressés vers le ciel.

Ce cimetière était un endroit délicieux, construit sur une colline où les Parisiens du XVIIe siècle venaient prendre l'air. Antoine avait l'impression d'être un géant se déplaçant parmi les monuments d'une civilisation de nains. Il continua de marcher au hasard des bifurcations. Il était passé par l'avenue du Puits. Il vit un écriteau : Chemin du Père Eternel. Assises sur un banc, deux jeunes

Américaines dessinaient un marronnier. Antoine aurait pu rester là toute la journée. Il devait être facile de croire qu'on était perdu. Il se demanda s'il passerait derrière le banc pour voir les dessins des Américaines, ou devant pour voir leurs visages. Il faisait doux et elles avaient les épaules nues. Antoine poursuivit sa route. Des chats fuyaient devant lui. Il était en train d'oublier qu'il était venu dans un but précis. Il marchait de plus en plus vite. Karl Abraham, président de la société psychanalytique de Berlin, avait prouvé que ses patients atteints d'angoisse locomotrice transformaient en peur une tendance à trouver un plaisir érotique dans leurs déplacements. L'action de la marche, avait-il écrit, crée une excitation sexuelle. Il citait le cas d'un homme qui s'épuisait à marcher jusqu'à l'orgasme.

Entre des arbres qui étaient sans doute des thuyas en retrait d'un chemin conduisant à un rond-point, Antoine arriva par hasard devant la tombe de Géricault, protégée par une grille en fer forgé dont les barreaux montants étaient soutenus par des G majuscules. Deux fleurs en plastique se trouvaient dans un bac en bois. Une statue de bronze représentait Géricault allongé et redressé sur un coude. Il tenait un pinceau d'une main et sa palette de l'autre. Antoine se dit qu'il avait manqué à tous ses devoirs en n'apportant pas de fleurs. Il était ému comme s'il se recueillait devant la tombe d'un de ses proches. Sur le socle, un bas-relief reproduisait à une échelle de 1/10e *Le Radeau de la Méduse*. Antoine devint sûr de son idée : il commencerait l'émission par le cimetière. Il demanderait à

Roger Blin de porter une veste en velours dont la couleur s'harmoniserait avec la patine du bronze du bas-relief.

Antoine tourna autour de la tombe. Sur les deux côtés du socle en pierre qui soutenait la statue de Géricault, il découvrit la reproduction de deux autres toiles, deux cavaliers avec leurs chevaux, l'officier de chasseurs à cheval et le cuirassier blessé. On lui avait dit qu'Aragon parlait beaucoup de ces tableaux dans un de ses romans. Pour être sérieux, il faudrait qu'il le lise. Il s'agirait d'introduire quelques noms de modernes dans l'émission afin d'indiquer le rayonnement de Géricault aujourd'hui. Alberto Giacometti avait fait des dessins d'après la série de fous peints pour le docteur Georget. Antoine ne savait plus où il avait lu que Nicolas de Staël aimait Géricault. Une des dernières toiles peintes par Staël avait presque le format du *Radeau* : six mètres sur trois mètres cinquante. Un violoncelle de trois mètres de haut y jouait le même rôle d'affirmation verticale que le mât et la voile du radeau dans l'œuvre de Géricault. La toile de Nicolas de Staël s'appelait *Le Concert*. Le fond, sur lequel se détache la forme d'un piano noir, est immense et rouge. Les deux peintres avaient senti le besoin d'un espace où perdre les naufragés dans le cas de Géricault et les instruments de l'orchestre chez Staël. Antoine trouvait que le fond rouge était l'équivalent, pour Staël, du ciel et de la mer dans le *Radeau*. Staël, excité par la découverte de la lumière et de la mer au Lavandou, disait qu'il avait fini par voir la mer en rouge et le sable violet.

Antoine avait pensé mettre dans le commentaire un extrait d'une lettre écrite par Nicolas de Staël quand il avait vingt-deux ans et dans laquelle il se demandait pourquoi les pommes de Van Gogh semblaient splendides malgré leurs couleurs locales crapuleuses, pourquoi Véronèse et Vélasquez possédaient plus de vingt-cinq nuances de noirs et autant de blancs. Pourquoi Van Gogh s'était-il suicidé, pourquoi Delacroix était-il mort furieux contre lui-même et pourquoi Frans Hals se saoulait-il de désespoir ? Staël fournissait là une nouvelle liste de passagers du radeau de la Méduse, à laquelle Antoine ajoutait Staël lui-même qui, à quarante et un ans, s'était jeté par la fenêtre, tous ces noms rejoignant ceux des écrivains auxquels Antoine avait pensé l'autre soir dans la librairie du drugstore, les Japonais, les Russes, Pavese, Hemingway.

Hemingway avait-il vu la toile de Géricault quand il avait visité le Louvre en compagnie de Scott Fitzgerald ? Ils étaient tous les deux dans un café et Scott Fitzgerald avait commencé à se plaindre de la taille de son sexe. Il n'était pas sûr de l'avoir suffisamment grand. Pour qu'il arrête d'en parler et surtout pour qu'il ne se tourmente plus, ou pour Dieu sait quelle autre raison, Hemingway lui avait proposé de comparer avec le sien. Hemingway ne doutait de rien et prétendait avoir au moins la taille standard. Les deux hommes s'étaient enfermés dans les toilettes du bistrot et avaient pris des mesures. Il semble que la comparaison n'ait pas été en faveur de Scott, bien qu'Hemingway ait affirmé qu'il le trouvait normal.

Scott avait continué de se plaindre et Hemingway l'avait alors emmené au Louvre pour lui montrer les sexes des statues grecques. Ils étaient peut-être passés devant la toile de Géricault et avaient regardé le sexe du jeune mourant affalé entre les jambes d'un vieil homme en qui beaucoup de commentateurs voyaient son père et quelques-uns son amant.

Hemingway avait dû apaiser Scott en le conduisant directement aux statues grecques qui avaient le mérite du relief et de la précision mais Antoine pourrait modifier l'anecdote, somme toute peu connue, et raconter dans l'émission que les deux romanciers avaient parlé de leurs bites respectives devant *The Raft of La Meduse*. Le producteur demanderait de changer le mot « bite » et ce serait dommage parce que ce mot fait encore de l'effet, en tout cas à la télévision. Antoine s'arrangerait pour placer le mot dans son projet. Ce serait amusant, pensa-t-il : on écrit « bite » et quelqu'un vient vous dire « Coupez-moi ça ».

Il s'aperçut qu'on avait voilé le sexe du jeune homme dans la reproduction en bronze du *Radeau,* reproduction qui se voulait fidèle. Comme avait dit Baudelaire à propos d'une princesse à laquelle il avait envoyé son ouvrage sur Wagner et qui ne lui en avait pas accusé réception : « Mœurs du XIXe siècle ! » En Italie, on n'avait pas hésité à mettre des feuilles de vigne en plâtre sur des statues en marbre.

La tombe de Géricault, telle qu'Antoine la voyait, ne datait pas de l'époque où le peintre était mort. Son corps avait été déposé dans un autre caveau et Géricault n'avait été enterré là qu'après la mort de son père qui avait acheté le terrain actuel. Ce père avait poursuivi son fils jusqu'après la mort. Géricault avait-il peint son père ? La dernière fois qu'Antoine avait parlé avec son propre père, ils s'étaient disputés à propos du *Radeau de la Méduse*. Antoine en avait parlé comme s'il avait cent ans devant lui pour réaliser son émission et son père avait fini par lui dire qu'il n'était qu'un rêveur. Antoine avait essayé de se convaincre que l'agressivité de son père envers lui n'était qu'une forme d'angoisse.

Avant de se résoudre à quitter le cimetière, Antoine regarda le nom de Géricault inscrit sous la statue. Il aimait les noms propres dont toutes les consonnes ne se prononcent pas. Les noms des gens duraient plus longtemps qu'eux. Antoine se dit que les cimetières et les musées étaient des lieux où on passait son temps à lire des noms. On n'imagine pas un musée qui présenterait des œuvres sans signaler de qui elles sont. Les visiteurs lisent d'abord le nom et admirent après. Dans les cimetières, l'admiration était abolie : on lisait le nom, on n'avait rien à admirer. Les noms suffisaient pour indiquer que les vies n'avaient servi à rien. Antoine avait lu que la vie est ce trop bref délai qu'on vous concède pour préparer votre enterrement.

Il se retourna et regarda les monuments funéraires qui s'amoncelaient sur la hauteur de la colline. On n'avait pas renoncé à montrer quelque chose d'autre que les noms. On donnait à admirer des statues, des grillages, des vitraux, des pots de fleurs. Quand on n'inscrivait que le nom sur une pierre, c'était pour faire admirer la sobriété. Il y avait aussi la question des dates. Talleyrand avait dit que l'honnêteté est une question de dates. Antoine y réfléchirait un autre jour. Ces dates étaient si récentes. Elles avaient l'air ridicule quand on songeait qu'il y avait derrière ces morts le travail de quinze millions d'années. Dans chacun de ces cercueils, dont les couvercles cédaient à cause du poids de la terre, Antoine savait que c'était lui-même qui était enterré. Tous ces gens avaient eu les mêmes problèmes que lui. Il aurait voulu être un hominidé mesurant un mètre dix et pesant quarante kilos et vivre à l'époque où la forêt se mit à régresser pour laisser la place à la sécheresse et à la savane. Il aurait rencontré cette jeune femelle dont on avait découvert le squelette en Ethiopie. Les paléontologues l'avaient baptisée Lucy. Antoine l'aurait appelée Nivea. S'il avait été un kényapithèque, il ne l'aurait pas rencontrée : quatre millions d'années les auraient séparés. Il valait mieux vivre au XXe siècle et voyager dans l'espace au lieu du temps. Il pourrait louer une maison dans une île grecque et y être heureux avec Nivea. Il le ferait dès qu'il aurait terminé son émission.

Partir pour Le Caire n'était pas une bonne idée. Les souks restaient ouverts vingt-quatre heures sur vingt-quatre et il n'aurait pas la force de résister à la tentation d'y traîner sans arrêt. Nivea se demanderait pourquoi il l'avait emmenée avec lui. Il irait plus tard au Caire, quand il pourrait y aller seul. Ou bien au Sénégal. Il vivrait au bord de l'Océan. Là-bas, il se sentirait dans son élément. Il n'aurait plus de rendez-vous, recevrait des mandats de Paris et vivrait au jour le jour. Il voyagerait en train au milieu des poules et des moutons, prendrait des taxis-brousse, louerait une pirogue, mangerait du crocodile et du porc-épic. Il finirait par ne plus voir l'utilité de revenir. Nivea rentrerait à New York. Elle s'occuperait de sa fille et vivrait avec un autre homme qui la ferait rire aussi bien qu'Antoine.

En quittant le cimetière, il se dit qu'il ne faudrait pas oublier de demander quinze mètres de rails de travelling pour cette séquence. Il regarda un groupe de Jamaïquains accroupis entre deux tombes autour d'une grosse radio-cassette qui brillait au soleil. Ils écoutaient une chanson de Bob Marley :

You think it's the end
But it's just the beginning.

Antoine se demanda pourquoi personne n'avait jamais eu le génie d'inventer des raisons de vivre exceptionnelles, quelque chose qui vaille la peine. Il se sentait heureux. Son émission prenait forme. Il tenait un excellent début.

Il aurait voulu se promener dans le quartier de Ménilmontant où il ne venait jamais. La lumière sur les façades lui donna envie de travailler. Il aimait la lumière. Il décida de rentrer tout de suite, d'écrire son scénario et de se débarrasser de Géricault.

Il avait autre chose à faire dans la vie.

DU MÊME AUTEUR

Aux Éditions Gallimard

LE PITRE

MACAIRE LE COPTE

LA VIE D'UN BÉBÉ

Aux Éditions Balland

BERLIN MERCREDI

LES FIGURANTS

*Impression Bussière à Saint-Amand (Cher),
le 10 novembre 1992.
Dépôt légal : novembre 1992.
1er dépôt légal dans la collection : octobre 1986.
Numéro d'imprimeur : 3307.*
ISBN 2-07-037772-5./Imprimé en France.